THÉATRE

EUROPÉEN.

★

IMPRIMERIE DE E. DUVERGER,

4, RUE DE VERNEUIL.

★

THÉATRE EUROPÉEN

NOUVELLE COLLECTION

DES CHEFS-D'OEUVRE DES THÉATRES

ALLEMAND, ANGLAIS, ESPAGNOL,

DANOIS, FRANÇAIS, HOLLANDAIS, ITALIEN, POLONAIS,

RUSSE, SUÉDOIS, ETC.

AVEC DES NOTICES ET DES NOTES

HISTORIQUES, BIOGRAPHIQUES ET CRITIQUES

PAR MM.

J. J. AMPÈRE; AVENEL; le baron DE BARANTE, de l'Académie française; BERR; CAMPENON, de l'Académie française; Philarète CHASLES, CHATELAIN; Alissan de CHAZET; Léonard CHODZKO; COHEN; DEFAUCONPRET; DELATOUCHE; A. DE LATOUR; DENIS; Émile DESCHAMPS; Ernest DESCLOZEAUX; Alexandre DUMAS; Paul DUPORT; Léon GOZLAN; GUIZARD; GUIZOT; DAMAS-HINARD; Jules JANIN; LEBRUN; LOÈVE-VEIMARS; MAGNIN; SAINT-MARC GIRARDIN, X. MARMIER; MENNECHET; P. MÉRIMÉE; MERVILLE; prince METSCHERSKY; Théod. MURET, NISARD; Charles NODIER, de l'Académie française; Amédée PICHOT; comte DE REMUSAT; comte Jules DE RESSÉGUIER; comte DE SAINT-AULAIRE; Jules DE SAINT-FÉLIX; comte Alexis DE SAINT-PRIEST; baron TAYLOR; TROGNON; VILLEMAIN, de l'Académie française; Madame la duchesse D'ABRANTÈS; etc., etc.

Théâtre Anglais.

QUATRIÈME SÉRIE.

TOME II.

PARIS

ED. GUERIN ET Cⁱᵉ, ÉDITEURS, RUE DU DRAGON, 30.

1835

FAZIO

(Fazio)

TRAGÉDIE EN CINQ ACTES,

PAR H. H. MILMAN.

NOTICE

SUR FAZIO ET SUR H. H. MILMAN.

« —On trouve dans les annales de Pise le nom de Guglielmo Grimaldi, qui était venu des États de Gênes s'établir dans cette ville, à l'âge de vingt-deux ans, sans autres ressources que son industrie. Il eut bientôt gagné quelque argent et sut si bien le faire valoir par l'usure qu'il finit par devenir très riche. Toujours aussi économe que lorsqu'il était pauvre, n'ayant d'autre ambition et d'autre jouissance que de grossir son trésor et d'augmenter ses domaines, il vécut toujours seul, et quand il fut vieux il se trouva le maître d'une immense fortune, dont il n'eût pas distrait un seul écu pour sauver la vie d'un ami ou pour racheter le monde entier des peines éternelles. Aussi était-il détesté de tous ses concitoyens, et il paya cher à la fin son insatiable avarice.

Un soir, après avoir soupé avec quelques usuriers de sa connaissance, il rentrait tard dans sa maison, lorsqu'il fut attaqué par une main inconnue, et se sentant blessé au cœur il se mit à fuir en criant au secours. Au même instant éclatait un orage terrible, avec grêle, vent et tonnerre, qui augmenta son embarras et le força de chercher l'abri le plus proche. Affaibli par la perte de son sang et attiré par la lumière d'un grand feu, il entra dans la première maison qu'il trouva ouverte. Cette maison appartenait à un orfèvre nommé Fazio, qui ce soir-là, comme presque toutes les nuits, s'occupait d'expériences chimiques, le pauvre homme s'étant imaginé depuis long-temps qu'il finirait par convertir le plomb et autres vils métaux en or et en argent. C'était donc pour chercher la pierre philosophale que Fazio avait fait ce grand feu, qui le forçait justement d'ouvrir sa porte pour rafraîchir un peu l'air. Mais entendant un bruit de pas, il retourna la tête et vit entrer Guglielmo Grimaldi, l'avare. « Que faites-vous là, l'ami, lui dit-il, à une pareille heure et par une pareille nuit?—Hélas! répondit l'avare, je suis bien mal; j'ai été attaqué et blessé je ne sais, comment ni par qui...» Et à peine avait-il prononcé ces mots qu'il s'étendit par terre et expira.

Fazio fut surpris et alarmé en le voyant tomber mort à ses pieds. Il déboutonna ses habits pour le faire respirer et tenter de le rappeler à la vie, croyant d'abord que le malheureux avare se mourait d'inanition et d'épuisement à force d'abuser du jeûne. Mais apercevant la blessure de son sein et ne sentant plus battre son pouls, il reconnut que Grimaldi avait dit vrai. Son premier mouvement fut de courir à la porte et de réveiller les voisins, mais repoussé sur le seuil par la violence terrible de l'orage, il se vit forcé de rentrer dans son atelier. Pippa, la femme de Fazio, était justement absente ce jour-là avec ses deux enfants, étant allée à quelques lieues de Pise rendre visite à son beau-père malade. Au lieu d'appeler tout de suite un chirurgien, Fazio ferma sa porte, fouilla le mort et ne trouva que quatre florins dans sa bourse; mais au fond d'une poche il y avait un gros trousseau de clefs que tout annonçait appartenir à la maison, aux appartements et aux coffres-forts de l'avare, à ces coffres-forts où le bruit commun disait qu'étaient accumulées des sommes énormes.

L'idée vint en ce moment à Fazio qu'il était plus près que jamais de cette pierre philosophate, objet de tant de veilles et d'expériences. Aussi prompt à exécuter un projet qu'à le concevoir, Fazio pensa qu'il pouvait profiter de l'incident, et que, puisque la fortune s'offrait à lui, il aurait tort de ne pas la recevoir. « Pourquoi, se dit-il, n'irais-je pas immédiatement au trésor de l'avare? je suis sûr de ne trouver dans sa maison personne qui me dise non. Pourquoi ne le transporterais-je pas tranquillement de cette maison dans la mienne? Qui pourrait m'en empêcher par une nuit semblable, lorsqu'il tonne comme si le ciel allait s'écrouler? D'ailleurs il est près de minuit; il n'est personne qui ne dorme ou qui ne soit à couvert. Je suis seul ici, et l'assassin du pauvre avare doit depuis long-temps avoir pris la fuite sans s'arrêter pour voir où il est venu se réfugier. Ainsi donc, pourvu que je sache me taire, qui soupçonnera jamais que Grimaldi l'avare s'est jeté dans ma maison, dangereusement blessé, et y est mort? Voilà certes un bonheur inattendu. Et d'ailleurs, si je m'avisais d'aller raconter partout la vérité, qui sait si l'on me croirait? On pourrait dire que j'ai volé et tué moi-même Grimaldi; je serais infailliblement arrêté, mis à la question... et comment parviendrais-je à me justifier? J'ai peur d'avoir affaire aux ministres de la justice, car très probablement je ne sortirais jamais sain et sauf de leurs mains. Que puis-je faire de mieux? La fortune favorise l'audacieux; audacieux je serai pour me tirer en même temps d'une circonstance critique et d'une vie indigente. »

En parlant ainsi Fazio mit les clefs dans son sein, et jetant sur ses épaules un manteau doublé de fourrure, ses yeux cachés sous la large circonférence d'un chapeau à bords rabattus, il sortit, une lanterne sourde à la main, s'exposant au vent et à la grêle avec un air joyeux. Arrivé à la porte de la maison de Grimaldi, située à peu de distance, il prit deux grosses clefs et entra: montant droit à la chambre qui lui sembla la plus secrète et la plus retirée, il y eut bientôt pénétré aussi et y trouva un grand coffre de fer qu'il parvint à ouvrir après quelques difficultés. Ce coffre en contenait un autre, cet autre un troisième toujours de plus en plus difficile à ouvrir... Mais quand il eut triomphé de tous les obstacles, que de trésors brillèrent à ses yeux! Dans un compartiment étaient des bagues d'or, des chaînes, des bijoux et des pierreries de toute espèce: dans un autre des sacs qui crevaient presque, tant ils étaient pleins de ducats partagés en rouleaux bien comptés et étiquetés. Fazio, ravi de joie, laissa les sacs garnis de bijoux en disant:

« Toutes ces belles choses pourraient être reconnues, je veux m'en tenir à l'or solide. » Il s'empara donc des sacs d'or qu'il assujétit sous ses bras, et mettant les clefs à sa ceinture, il s'achemina, avec son précieux fardeau, jusqu'à sa propre maison, sans rencontrer personne, tant l'orage continuait à éclater avec violence.

Cependant Fazio, rentré chez lui, cacha son trésor, changea de vêtements, et étant aussi robuste qu'actif, il prit le vieil avare sur ses épaules et le descendit dans la cave. Là il se mit à creuser un trou assez profond pour y contenir le cadavre tout habillé avec le trousseau de clefs dans sa poche. L'ayant enseveli, et après avoir recouvert le tout de tuiles et de mortier, de manière à ce qu'on ne pût reconnaître si la terre avait été récemment remuée, il remonta et put compter à loisir le trésor dont il venait d'hériter tout à coup. Il fut presque ébloui de tant de richesses. Chaque sac renfermait exactement trois mille ducats, d'après le compte marqué sur l'étiquette. Fazio serra le tout dans un meuble à tiroirs dont il garda la clef. Son second soin fut ensuite de brûler les sacs de l'avare dans le grand feu allumé pour transmuter ses métaux, et il jeta aussi tous ses creusets, ses soufflets, son plomb et son étain, n'en ayant plus besoin. Cela fait, il alla se coucher.

Le jour commençait à poindre et l'orage s'était calmé: Fazio, qui avait besoin de ses forces, dormit jusqu'à l'heure de vêpres; il se leva alors, et s'en alla rôder aux alentours de la grand'place et de la bourse, afin de voir s'il ne courait point de bruit sur la disparution du mort: mais il n'entendit rien dire ce jour-là ni le jour suivant. Le troisième jour, personne ne voyant plus l'avare à ses affaires accoutumées, on commença à en faire la remarque, et la maison étant fermée, on soupçonna qu'il pouvait lui être arrivé quelque accident. Ceux de ses amis avec qui il avait soupé pour la dernière fois se montrèrent alors et racontèrent comment il avait passé la soirée: mais on ne put en savoir davantage. Enfin le tribunal ordonna, au nom de la loi, que l'on forcerait sa maison; on y trouva en apparence tout ce qu'il y avait laissé, à la grande surprise des assistants. Ses livres, ses bijoux, ses meubles, tout était là, intact, de manière à exclure toute idée de vol. On mit le séquestre sur tous ses biens et on offrit, par des proclamations, une forte récompense à qui découvrirait Guglielmo Grimaldi, mort ou vif; mais toutes les recherches furent vaines, et quelque bruit, quelque alarme qu'eût excité cet événement, rien ne transpara. Au bout de trois mois. le gouvernement étant en guerre avec Gênes et aucun parent ne se présentant pour faire valoir ses droits, tout ce qui appartenait à Grimaldi fut confisqué au profit de l'état : mais on regarda comme une circonstance extraordinaire qu'il ne se fût pas trouvé d'argent monnayé dans la maison.

Pendant ce temps-là Fazio vivait tranquille et se réjouissait de la tournure que prenaient les choses. Sa femme et ses enfants étaient de retour, et il leur paraissait plus heureux que jamais: mais il se tint sur la réserve avec eux et il se garda bien de souffler une syllabe de sa bonne fortune. Que n'eût-il persisté dans cette sage résolution! il aurait évité sa perte et celle de sa famille... On commençait à oublier l'avare et sa disparution ; Fazio avait laissé entendre qu'il était sur le point de se rendre en France pour y vendre quelques lingots qu'il avait faits récemment. Ce bruit était un sujet de moquerie pour la plupart de ses voisins, qui savaient qu'il avait jusque là perdu son temps, sa peine et son argent à la transmutation des métaux. tandis que ses amis cherchaient à le dissuader de quitter Pise, en lui disant qu'il pouvait y continuer ses expériences aussi bien qu'à Paris. Mais notre orfèvre avait son plan tout fait. Quelque riche qu'il fût. il prétendit n'avoir pas assez d'argent pour son voyage: il emprunta sur une petite ferme. une somme de cent florins dont il prit la moitié pour lui et laissa l'autre à sa femme. Il arrêta ensuite son passage sur un navire qui devait mettre à la voile pour Marseille : sourd aux prières et aux sanglots de sa femme. qui le suppliait de ne pas risquer ainsi le peu qui lui restait et de ne pas l'abandonner, ainsi que ses enfants. à la misère et à la douleur. — Hélas ! lui dit-elle. quand avons-nous été plus heureux que lorsque vous faisiez votre métier d'orfèvre. gagnant assez chaque jour pour suffire à tous nos besoins? Ne nous laissez pas à la solitude et au désespoir. »

Fazio essaya de la calmer par des paroles tendres et en promettant de lui rapporter à son retour une telle abondance d'or qu'il la consolerait de tous ses malheurs passés. mais en vain... — Car. continua-t-elle. si tout cet or existe réellement. il sera tout aussi bon à Pise qu'en France: mais je crains que vous ne vouliez nous quitter à jamais. Et quand ces cinquante ducats seront dépensés. que deviendrai-je. malheureuse que je suis ! Hélas! irai-je mendier avec ces pauvres enfants? Suis-je donc condamnée à vous perdre. mon cher Fazio. et à finir mes jours dans la solitude et les larmes?»

Son mari, qui l'aimait avec un tendre atta-

chement. ne pouvant supporter son affliction. résolut de lui révéler son aventure, et, l'embrassant tendrement, il la conduisit ce jour-là même dans la chambre où il avait caché sa richesse récemment acquise. Là il lui raconta tout ce qui était arrivé ; puis. à l'appui de son récit, il lui montra tous ses sacs remplis d'or. Quelle fut la joie. quelle fut l'ivresse de l'heureuse Pippa! Elle se jeta dans ses bras, et, pleurant de plaisir. lui demanda pardon de toutes ses plaintes et de tous ses reproches. Fazio. insistant sur la promesse du secret, lui révéla alors ses projets futurs en lui expliquant comment il serait bientôt de retour pour mener avec elle la vie la plus belle du monde. Pippa n'eut plus d'objection contre son départ: mais, lui faisant de tendres adieux. elle lui recommanda de penser à elle et de revenir le plus tôt possible.

Le lendemain matin, en conséquence, ayant serré avec précaution la partie de son or qu'il emportait dans une malle à double serrure et à double cadenas, et laissant l'autre à sa femme, Fazio s'embarqua, accompagné des regrets et des reproches de tous ses amis, auxquels se joignit Pippa elle-même pour mieux feindre. Dans le fait, toute la ville de Pise fut d'accord pour rire de ce voyage, et quelques-uns de ceux qui connaissaient l'orfèvre depuis long-temps insinuèrent qu'il aurait fallu veiller sur lui et le faire interdire, parce que certainement il devenait fou; d'autres disaient qu'ils avaient toujours prévu ce qui arrivait. Cette maudite alchimie n'avait-elle pas constamment ruiné ses adeptes ou troublé leur raison? En dépit de tout le monde Fazio mit à la voile, et, favorisé par un bon vent, arriva bientôt à Marseille avec son trésor, et de là partit pour Lyon avec les voituriers qui servaient de communication par terre entre les deux villes. A Lyon il vida le contenu de sa malle et déposa une forte somme dans une des premières maisons de banque, qui lui remit en retour des lettres de change. les unes sur la maison Lanfranchi. les autres sur celle de Grualandi de Pise, après quoi il écrivit à sa femme. l'informant qu'il avait disposé de son or et qu'il avait l'intention de hâter son retour. Pippa montra cette lettre à son père, ainsi qu'aux autres parents et amis de Fazio. dont quelques-uns exprimèrent une grande surprise et d'autres déclarèrent que c'était un homme perdu comme la suite le prouverait bien. Pendant ce temps, ayant régularisé ses lettres de crédit, Fazio repartit de Lyon pour Marseille, et prenant là un navire pour Livourne, il eut. au bout de deux mois d'absence. le plaisir de revoir sa femme et ses enfants.

La nouvelle de son arrivée et de l'heureuse issue de son voyage se répandit rapidement; ses amis apprirent à tout le monde qu'il revenait riche au-delà de ses espérances avec le produit de ses métaux. Il ne perdit pas de temps pour présenter ses lettres de change, contre lesquelles il reçut neuf mille ducats d'or. Les félicitations de sa famille et de ses amis ne tarissaient plus, tant sur sa richesse que sur son habileté, qui lui avait fait découvrir un secret jusque là fabuleux.

Fazio commença alors à vouloir vivre avec plus de splendeur et à faire part à ses amis des jouissances de sa fortune. Il acheta d'abord des terres, puis une belle maison avec un riche ameublement; en un mot, il employa son argent en homme qui entendait vivre comme un prince. Il eut de nombreux domestiques, se donna deux équipages, un pour sa femme, l'autre pour lui; ses enfants étaient vêtus avec luxe.

Pippa, heureuse femme du nouveau riche, ne fut pas peu vaine de ce changement soudain de fortune; elle aimait à inviter ses amis et ses connaissances pour les en rendre témoins. Elle pria entre autres une vieille dame et sa fille de passer quelque temps chez elle. Fazio consentit à ce qu'elles s'établissent dans la maison pour aider Pippa à en faire les honneurs.

Mais la fortune, qui dans ses caprices se plaît à troubler les jouissances un peu trop prolongées, se préparait déjà, l'inconstante! à changer ces beaux jours en tempêtes. Fazio, qui jusque là n'avait aimé que sa femme, ne put voir long-temps Madalena, la fille de leur amie, sans être épris de ses charmes et de sa jeunesse. Ce goût fut bientôt une passion violente, et l'amour de Fazio réussit enfin, à force de persévérance et d'adresse, à séduire celle qui le lui avait inspiré. Cette intrigue fut quelque temps inconnue à sa pauvre femme, qui se voyait toujours l'objet de ses plus tendres égards; mais l'impunité amena l'imprudence, et Pippa soupçonna la vérité, dont elle ne tarda pas à acquérir la preuve. Son indignation éclata en termes peu ménagés; elle reprocha à Madalena son ingratitude avec beaucoup d'amertume et profita un jour de l'absence de Fazio pour la mettre honteusement à la porte dans un accès de fureur.

Fazio, de retour, fut irrité de ce procédé, il eut la folle imprudence de continuer son coupable commerce avec Madalena comme auparavant. Depuis lors, les scènes les plus violentes eurent lieu presque chaque jour entre Fazio et sa femme. Le démon de la jalousie s'était emparé de Pippa; le repos do-mestique et l'amour s'éloignèrent à jamais du lit et de la table de ce ménage naguère si bien uni. Ce fut en vain que Fazio cherchait quelquefois à calmer cette femme en délire; elle repoussa une tendresse partagée, et quand il voulut à son tour répondre à la colère par la colère, elle traita ses menaces avec une nouvelle indignation et un nouveau mépris. Afin d'éviter ces altercations perpétuelles, Fazio se rendit à un de ses châteaux, à quelque distance de Pise; il y fit venir sa maîtresse et y vécut avec elle, amoureux et insouciant du reste, tandis que sa femme restait abandonnée à la solitude et au désespoir. La rage jalouse de Pippa finit par l'emporter sur tous ses autres sentiments; lorsqu'elle vit, au bout de quelques mois, que son mari ne revenait pas, et paraissait toujours plus épris de son odieuse rivale, elle résolut de venger à tout prix ses affronts, et, poursuivie par cette pensée terrible, elle alla jusqu'à vouloir accuser à la justice l'infidèle et coupable Fazio, en révélant l'origine de sa fortune soudaine. En conséquence, elle se transporta seule chez un magistrat qui remplissait une charge semblable à celle du conseil des huit, à Florence, et qui reçut sa déposition sur tout ce qu'elle savait des affaires de son mari; elle indiqua en outre, pour prouver son témoignage, la cave de son ancienne maison, où avaient été ensevelis les restes de l'avare, et où les officiers de la justice les trouvèrent. Après quoi le magistrat, ayant arrêté Pippa elle-même, envoya un capitaine avec des soldats à la *villa* de son mari, où il fut arraché des bras de sa belle Madalena, et ramené à Pise comme prisonnier de la loi.

Fazio, accablé de désespoir et interrogé par les juges, refusa d'abord de répondre; mais sa femme ayant été mandée pour lui être confrontée, il s'écria à sa vue: «C'est justice!» Et se tournant vers elle il ajouta:

« Ma trop grande affection pour vous m'a perdu. » A ces mots, prenant à part un des magistrats, il lui révéla toute l'affaire exactement comme elle s'était passée. Mais d'un commun accord le tribunal refusa de croire sa version de l'histoire, et prétendant que selon toutes les apparences Fazio avait lui-même volé et assassiné le malheureux Guglielmo, le président menaça de le faire mettre à la question s'il n'avouait pas tout. Fazio persista à nier qu'il fût à la fois le voleur et l'assassin; mais la douleur de la torture lui fit avouer tout ce qu'on voulut, et il fut condamné à être roué vif. Ses biens furent confisqués au profit de l'état par la même sentence.

On exhuma ensuite les dépouilles mortelles de l'avare Grimaldi, qui fut enseveli en terre sainte ; la belle Madalena et sa mère furent chassées avec ignominie de la ville ; les domestiques de Fazio allèrent se réfugier où ils purent. Relâchée par les juges, Pippa ne retrouva plus chez elle que ses enfants et son désespoir, qui devait maintenant la suivre partout. Elle pleura amèrement, et dans ses délirantes angoisses s'arracha les cheveux, s'apercevant trop tard à ses remords qu'elle avait trop aveuglément suivi les conseils de sa vengeance.

Le peuple de Pise ne se récria pas moins sur la singulière trahison de la femme envers son mari que sur le crime supposé de Fazio.

Les parents et les propres amis de Pippa condamnèrent unanimement sa conduite, lui reprochant d'avoir ruiné toute sa famille, et puis l'abandonnèrent à ses larmes. Le lendemain le pauvre Fazio fut promené sur un tombereau dans les rues de Pise ; et après avoir été montré ainsi au peuple il fut conduit à la place du supplice, où il fut exécuté et laissé là mort jusqu'au soir pour servir d'exemple.

Ses dernières paroles avaient été des malédictions contre sa femme ; et, quand on les rapporta à celle-ci, son désespoir la porta à tourner sa dernière vengeance contre elle-même. Vers l'heure du dîner, lorsqu'elle pouvait le moins être observée, elle prit ses deux petits enfants par la main et les conduisit en pleurant sur la place des exécutions. Tous ceux qu'elle rencontra l'accablèrent d'injures et la laissèrent passer. Elle monta à la plate-forme où était exposé le cadavre du supplicié. Quelques personnes présentes lui crièrent alors : « Voyez comme elle pleure, maintenant que le mal est fait ; elle l'a bien voulu ; elle a bien raison de se désespérer. »

La malheureuse femme s'arrachait les cheveux, se frappait les joues et le visage. Elle approcha ses lèvres brûlantes du front glacé de son mari, puis elle fit agenouiller ses enfants pour baiser aussi leur père. A cette vue les spectateurs, oubliant leur indignation, fondirent en larmes ; mais la mère désolée, tirant un poignard de son sein, le plongea tout à coup avec fureur dans le cœur de ses deux fils, et avant qu'on fût accouru pour la désarmer, elle avait déjà tourné le fer contre elle-même et était tombée baignée dans son sang sur le cadavre de Fazio. La nouvelle de cette scène tragique eut bientôt rassemblé une multitude de spectateurs autour de ces cadavres encore fumants entassés l'un sur l'autre, le père, la mère, les enfants, ceux-ci souriant encore comme endormis sur le cer-

cueil de leurs parents. Aucun des malheurs fameux de Thèbes, de Syracuse, d'Athènes, de Troie ou de Rome ne saurait être comparé à cette calamité domestique qui frappa une seule famille dans tous ses membres, et en un seul jour l'innocent comme le coupable. La terreur et la surprise des habitants de Pise se communiquèrent à toutes les autres villes de l'Italie, d'où l'on vit venir chaque jour une foule nouvelle pour visiter le lieu fatal. Aucun ne pouvait y retenir ses larmes, et la justice elle-même laissa tomber son glaive vengeur, car elle consentit enfin à accorder aux parents de Fazio que les deux enfants seraient ensevelis décemment dans le cimetière de Santa-Catarina. Fazio lui-même et sa femme, morts sans repentir, furent transportés en terre profane hors la ville. Le cortége funèbre fut accompagné d'un millier d'habitants de Pise et d'étrangers, qui déclamaient en pleurant sur la cruauté et l'injustice du sort. »

Telle est l'histoire de Fazio, racontée par Ant.-Fr. Grazzini, surnommé le Lasca, c'est-à-dire le Mulet, dans l'académie *degli Umidi*, dont tous les membres avaient comme lui un nom de poisson. Le Lasca est un des plus heureux imitateurs ou plutôt continuateurs de Boccace. Il était né à Florence en 1583.

M. Milman est un ecclésiastique qui a été et qui est peut-être encore professeur de poésie à l'université d'Oxford. Il est au nombre des habiles critiques qui rédigent la Revue trimestrielle (*Quarterly Review*). Auteur de trois autres tragédies [1], il n'en avait composé aucune pour le théâtre, et si *Fazio* y a été plusieurs fois représenté, c'est, dit-on, malgré lui, ou du moins après cette douce violence que les auteurs dramatiques qui n'écrivent pas pour la scène pardonnent volontiers quand le succès donne tort à leur modestie.

M. Milman a prétendu que sa tragédie était un essai dramatique destiné à faire revivre le vieux théâtre des contemporains de Shakspeare avec une plus grande simplicité de style.

Voici le jugement que portait de *Fazio* en 1822 l'auteur du *Voyage historique et littéraire en Angleterre et en Écosse*, qui le premier nous a fait connaître M. Milman, ainsi que la plupart des poëtes contemporains de la Grande-Bretagne :

« Parmi ceux qui brillent moins par la sage ordonnance du sujet que par une surabondance d'idées et un luxe d'images, M. Milman est peut-être le moins sobre d'é-

---

[1] *Le Festin de Balthazar, le Martyr d'Antioche, la Prise de Jérusalem*; il est aussi l'auteur de divers poëmes et d'une *Histoire des Juifs*.

pithètes, de métaphores et de tous ces orne-
ments que Dryden, qui sacrifiait aussi parfois
aux *concetti*, appelle les *Dalilas* du style.
Aussi M. Milman, après avoir chanté un héros national [1], a reconnu lui-même que sa
vocation l'appelait à traiter des sujets tirés
de l'Écriture. Déjà, par instinct, c'était sous
le beau ciel de l'Italie qu'il avait choisi la
scène de sa première tragédie.

« On s'étonne comment M. Milman a pu faire
cinq actes de l'histoire de Fazio : mais ce sont
cinq actes d'amplifications poétiques [2]........
il était difficile d'intéresser vivement avec un
plan si faible et des caractères tels qu'un
voleur, époux infidèle, une coquette qui en
fait sa dupe, et une femme qui dénonce son
mari et l'envoie au supplice. On ne saurait
nier cependant que l'auteur ait eu le talent
de nous attacher à la destinée de Fazio, par
cette même faiblesse qui lui rend l'erreur si
facile, mais qui s'allie à une sensibilité généreuse. Bientôt le malheur lui donne de la dignité. A la douloureuse surprise que lui cause
l'accusation de Bianca succède une noble résignation. Leurs adieux dans la prison forment
une scène des plus touchantes ; et quand, au
milieu des angoisses de cette épreuve amère,
Bianca rappelle, en termes vagues, qu'elle a
eu la pensée de faire périr ses enfants, c'est un
mouvement sublime que l'expression des sentiments du père et du chrétien, dans la bouche du malheureux coupable.....

« C'est surtout le caractère passionné de
Bianca que M. Milman a peint en poète. Il a
su la conserver naturelle et vraie dans sa tendresse inquiète, dans ses tourments, ses
soupçons et le délire de sa jalousie, dans la
pathétique expression de son amour et de
ses remords. Malheureusement la coquetterie
vénale d'Aldabella [3], ses caprices peu vraisem-
blables ne constituent pas un caractère, et les
personnages secondaires sont à peu près in-
signifiants. La tragédie commence au troisième acte ; mais ce n'est plus qu'une hé-
roïde dialoguée. La multiplicité des interlo-
cuteurs, les mouvements rapides d'une double action, la complication des incidents
sont trop du goût des spectateurs anglais
pour que Fazio soit souvent représenté : mais
peu de pièces ont été autant lues et vantées
par les critiques ! »

Nous ajouterons à ce jugement qu'il y a
deux ans deux auteurs, MM. Frédéric Soulié
et Adolphe Bossange, ont trouvé dans le *Fazio*

de M. Milman, ou dans l'analyse qui en avait
été publiée, le sujet du drame de *Clotilde*, représenté avec succès au Théâtre Français.

Nous terminerons cette notice par une autre citation qui fera connaître l'ouvrage le
plus remarquable de M. Milman, *la Prise de
Jérusalem*. — Ce drame épique est l'amplifi-
cation la plus brillante du cinquième livre de
l'historien Josèphe. Si je ne considérais que
sa poésie, riche de sentiments tour à tour
tendres ou sublimes, et de ces transports
dont l'expression est un hymne de l'enthousiasme, j'oserais mettre M. Milman à côté
de l'auteur d'*Athalie* et d'*Esther*. Mais ce
n'est plus Racine quand on considère le peu
de liaison des scènes entre elles et cette suc-
cession de personnages secondaires qui n'ont
d'autre motif pour paraître que le discours
qu'ils viennent déclamer.

« Cependant ce n'est pas seulement l'inspi-
ration de quelques morceaux lyriques, la simplicité harmonieuse de quelques fragments
de dialogue qu'on admire dans *la Prise de
Jérusalem*, mais l'ensemble du poème produit une impression solennelle de terreur et
de pitié, digne de cette imposante catastro-
phe. La simplicité du plan pourrait être re-
gardée comme un calcul de l'art, dans un sujet qui n'est que l'accomplissement authenti-
que d'une prophétie ; nous ne devons pas
oublier que M. Milman appartient au ministère des autels. Nous marchons avec lui sur
une terre teinte encore du sang de Jésus-
Christ. Tous les personnages sont historiques, à l'exception des deux filles de Simon
l'assassin, qui sont les véritables héroïnes et
les figures principales du tableau.

« La tragédie s'ouvre par une scène entre
Titus et ses officiers, contemplant des hauteurs du mont des Oliviers la ville qui, le
jour suivant, doit être livrée aux flammes.
On sent peut-être un peu trop la rhétorique
du professeur d'Oxford dans le langage étudié
des Romains. Titus, destiné à être un jour
le plus clément des princes, cherche à s'ex-
pliquer cette impulsion surnaturelle qui lui
commande d'effacer tout un peuple de la terre.
Il l'attribue à l'irrésistible loi du destin, le
plus puissant des dieux, ignorant quel Dieu
l'a choisi pour l'instrument aveugle de ses
vengeances. Cette idée poétique est heureusement amenée pour frapper l'imagination du
lecteur ; mais ce n'est encore que l'introduc-
tion de la tragédie qui se passe dans la ville
assiégée. L'anarchie et les fureurs du fanatisme y exercent des ravages plus terribles
que la faim et l'ennemi. Les revers irritent
moins les Juifs contre les Romains que contre eux-mêmes. Les prodiges sinistres ne font

---

[1] *Samor, ou la Défaite des Saxons*, poème en XII
chants.

[2] Ici l'analyse de la pièce.

[3] La Marchesa, qui remplace la Maddalena du conte
original.

qu'accroître la rage des chefs qui se disputent encore le pouvoir sur des ruines et sur des cadavres.

« Jean est le chef des Saducéens, et ce sont ses crimes, ses adultères et ses principes profanes que son rival accuse des malheurs de la nation. Ce rival c'est Simon le Pharisien, que Josèphe représente comme un zélateur implacable, un guerrier furieux et un habile politique, mais dont peut-être à tort M. Milman a fait une espèce de Burley israélite, un fanatique de bonne foi plus superstitieux que cruel. Simon a deux filles, toutes deux jeunes et belles ; Salomé, la première, est une ame ardente et fière, exaltée jusqu'au délire pour la loi de Moïse et pour la gloire future d'Israël. Mais une passion plus terrestre se mêle à son enthousiasme religieux ; elle aime un jeune héros qui est, avec son père, le dernier espoir des Hébreux. Elle va s'asseoir chaque jour sur les remparts de la ville, nouant ses noirs cheveux afin qu'ils ne lui interceptent pas la vue des armes et des bannières, nourrissant ses yeux avides du spectacle de ces combats sans cesse renouvelés, et y suivant la carrière sanglante d'Amariah.

« Le poète a donné à la seconde fille de Simon un caractère plus timide, une ferveur plus calme et des affections plus douces. Miriam aime un des chrétiens réfugiés à Pella depuis le commencement du siége ; elle partage secrètement sa croyance, mais elle a refusé de quitter son père à l'heure du péril. Simon trouve tous les jours des aliments que lui apporte une main invisible et qu'il croit être le don d'un ange tutélaire. C'est Miriam qui les reçoit chaque jour de Javan qu'elle voit à la fontaine de Siloé, où elle se rend par un passage creusé dans le roc et connu d'elle seule. Cette fois Javan renouvelle ses sollicitations pour l'engager à fuir Jérusalem dont la dernière heure va sonner. Miriam résiste encore, résignée à mourir avec son père.

« Le lendemain, Miriam s'est de nouveau rendue à la fontaine, pendant que, repoussés dans une sortie, les chefs hébreux s'adressent mutuellement d'injurieux reproches. Le grand-prêtre survient et les supplie d'oublier un moment leurs animosités particulières pour venger un affront que Dieu a reçu dans son temple, où, au milieu des solennités de ce jour, une voix a osé prononcer une invocation au prétendu fils de Dieu, le Nazaréen. Il demande qu'on l'aide à découvrir et à punir le blasphémateur. Simon s'écrie que, serait-ce son propre enfant, il lui jettera la première pierre. L'enthousiaste

Salomé murmure le nom de Miriam, attribue son absence au sentiment de son crime, s'élance au milieu des chefs pour la dénoncer, et s'arrête soudain, émue par le souvenir de sa mère qui en mourant lui a recommandé d'aimer toujours sa sœur :

LE GRAND-PRÊTRE. Vierge voilée ! qui es-tu ?

SALOMÉ. Loin de moi tout remords ! le sang d'Abraham bouillonne dans mes veines. Comme je me dépouille de mon voile, je me dépouille de tout sentiment de crainte et d'amour. C'est une mort trop douce, pour une femme si coupable, de mourir pour Jérusalem. (*Elle lève son voile.*)

SIMON. Salomé !

LE GRAND-PRÊTRE. La fille admirée du noble Simon !

UNE VOIX *dans le lointain.* Israël ! Israël !

LE GRAND-PRÊTRE. Qui parle avec ce ton d'autorité ?

LA VOIX. Israël ! Israël !

LES JUIFS. Place ! place ! le prophète !

ABIRAM, *le faux prophète.* Les blessures sont bandées, le sang est étanché, la haine est convertie en amour, la rivalité jalouse en union, le choc des armes et les fureurs de la discorde en chants d'hyménée et en joyeux festins.

LE GRAND-PRÊTRE. Que veut dire Abiram ?

ABIRAM. Je parle au nom du Très-Haut. Brave Amariah, fils de Jean ; Salomé, fille de Simon, j'unis vos mains. Je bénis les époux et j'unis entre eux les chefs de Jérusalem par les liens de l'amitié et de la paix. » Et le faux prophète élève la voix pour faire entendre un chant nuptial auquel tout le peuple répond par des acclamations.

« Amariah et Salomé ne peuvent résister à la volonté du ciel d'accord avec leurs sentiments secrets, et Simon, espérant que de cette alliance, commandée par Jéhovah, naîtra peut-être le rédempteur promis à Israël, fait procéder sans retard à la fête dont Abiram conduit la pompe.

« Le poète nous ramène auprès de Miriam et de Javan, qui, après l'avoir de nouveau vainement pressée de le suivre, dit à la fille de Simon un adieu qu'il croit être le dernier.

« Cependant, à l'approche de la nuit, les rues de Jérusalem sont remplies d'une foule de Juifs malheureux. Dans leur terreur ils rappellent les nombreux prodiges qui ont menacé depuis long-temps la nation. L'un parle du glaive suspendu pendant des mois entiers sur la ville, l'autre d'armées aériennes combattant sur des chariots embrasés. Un lévite arrive qui raconte qu'à l'instant la grande porte du temple s'est ouverte d'elle-même et a résisté aux efforts de tous ceux qui ont tenté de la refermer. Les prophètes sont devenus muets... Tout à coup les sons d'une musique joyeuse annoncent l'hymen d'Amariah et de Salomé ; un concert d'allégresse célèbre le bonheur des jeunes époux. Mais une voix menaçante s'élève : « Malheur ! malheur ! malheur ! » C'est la voix du fils d'Ananias qui depuis sept années répète ce cri lugubre, malgré les rigueurs exercées contre lui pour le forcer au silence. Quand le siége avait commencé, il s'était tû, comme si la prédiction était accomplie. Il revient pour la dernière fois prophétiser la ruine de Jérusalem et la sienne ; car, à peine a-t-il ajouté : « Malheur au fils d'Ananias », qu'une pierre lancée par les machines de l'ennemi le renverse et il expire. Simon et Jean sortent du banquet plus exaltés que jamais ; ils dispersent la foule, à laquelle ils font un crime de ses lâches frayeurs, et se retirent eux-mêmes pour se préparer, par quelques heures de repos, à la victoire qu'ils croient obtenir le lendemain. Miriam demeure seule et gémit de l'aveugle fanatisme de tous ceux qui lui sont chers. Elle murmure une prière lorsque la foudre du Dieu vivant gronde, éclate, comme pour allumer le bûcher où Israël va être consumé. Les Romains sont en même temps montés à l'assaut, et leurs clairons sonnent déjà la charge dans les rues de Salem. « — Où est mon père ? s'écrie Miriam, — bercé par des rêves de gloire ; où est ma sœur ? — Dans sa couche nuptiale. »

Les Juifs vaincus se réfugient de toutes parts dans le temple. Simon est avec eux, et jusqu'à ce qu'il voie la flamme dévorer le faîte du sanctuaire, il croit que le Dieu d'Israël peut encore sauver son peuple. Miriam fuit éperdue, se rappelle avec un douloureux regret qu'elle aurait pu se sauver avec Javan ; mais elle repousse à l'instant cette pensée pour se préparer à la mort, en invoquant le nom du Christ :

UN VIEILLARD. Qui a parlé du Christ ? qui l'a appelé sauveur ? Il est ici, il est ici, mais exterminateur et escorté de la vengeance. C'est lui qui se manifeste dans le feu qui consume Sion.

MIRIAM. Malheureux vieillard, qui t'arrêtes sur le bord de la tombe pour être le témoin de la ruine de la patrie ! aurais-tu connu le Christ ?

LE VIEILLARD. Oui je le vis : c'est le Nazaréen que tu veux dire ; je le vis lorsqu'il gravissait péniblement la montagne maudite. Le bois de sa croix pesait sur ses épaules déjà déchirées par les verges, et la pâleur couvrait son front couronné, mais non d'un diadème royal ; il regardait avec patience et pitié la multitude furieuse.

MIRIAM. Et tu ne l'adoras pas ?

LE VIEILLARD. J'avais appelé la malédiction sur ma tête. J'avais crié au Romain : « Que son sang retombe sur nous et sur nos enfants. » Et il est retombé sur nous, sur mes enfants et sur les enfants de mes enfants. Le glaive du Gentil les a tout moissonnés ; et moi, épi flétri et desséché, j'attends la faux du carnage.

MIRIAM. Tu vis la croix et l'agonie du Christ sans être touché !

« Le veillard raconte comment, honteux d'un moment de pitié, à la vue de la sublime résignation du fils de Dieu, il unit sa voix à celles qui s'élevèrent sur le Calvaire pour crier : « Crucifiez-le. » Il est enfin convaincu de la divinité de la victime ; mais sa croyance tardive est celle du désespoir. Dans son endurcissement, au lieu d'exprimer son repentir par une prière, il s'éloigne en maudissant ses cheveux blancs. Miriam, saisie d'horreur, aperçoit Salomé pâle, sanglante, enveloppée du voile nuptial pour tout vêtement, et portant encore autour de sa chevelure en désordre sa couronne de jeune fiancée. Amariah, au bruit de l'assaut, s'est arraché de sa couche : « Il est bientôt revenu, dit-elle, il a déposé un baiser sur mes lèvres, a prononcé les mots d'épouse, de bien-aimée, de ravisseur, et a fait luire à mes yeux son épée dont la lame étincelante m'a éblouie. J'ai cru qu'il me frappait ; puis soudain il s'est précipité sur mon sein en pleurant, et je n'ai plus senti que ses larmes brûlantes. » En vain Miriam cherche à calmer son délire ; l'enthousiaste expire sur son sein en lui disant : « La nuit m'environne ; si Amariah revient avec le matin, glorieux et riche de dépouilles selon sa coutume, tu me réveilleras, ma sœur. »

« Un soldat romain s'approche de Miriam qu'il a déjà poursuivie plusieurs fois en vain. Miriam implore son honneur et sa pitié au nom de l'amour qu'il éprouve pour sa propre épouse, ou au nom de sa sœur. Le soldat la transporte à la fontaine de Siloé ; ce soldat c'est Javan déguisé. Il dépose celle qu'il aime au milieu d'un chœur de chrétiens qui adressent un dernier adieu à la ville sainte, dans un cantique dont rien ne surpasse la sublime poésie. » (*Voyage historique et littéraire en Angleterre et en Écosse*, tome II.)

La Prise de Jérusalem est sans contredit un ouvrage supérieur à *Fazio*, mais les éditeurs de cette collection devaient naturellement préférer celui de ces deux drames qui a subi en Angleterre l'épreuve de la scène.

JULES BELIN.

FAZIO

TRAGÉDIE.

PERSONNAGES.

LE DUC DE FLORENCE.
GONSALVO, \
AURIO, / sénateurs de Florence.
GIRALDI FAZIO.
BARTOLO.
PHILARIO.
FALSETTO.

DANDOLO.
THÉODORE, \
ANTONIO, / capitaines de la garde.
PIERO.
LA MARCHESA ALDABELLA.
BIANCA.
CLARA.

ACTE PREMIER.

SCÈNE I.

Chambre remplie de creusets et d'autres instruments d'alchimie.

Entrent FAZIO *et* BIANCA.

FAZIO.

Qu'il devait y avoir d'humeur et d'envie dans le cœur de ce fabuliste qui disait que l'atmosphère glacée du mariage avait bientôt fatigué les ailes légères et délicates de l'Amour, et que les saints désirs d'un tendre époux, comme les grossiers appétits de la débauche, s'épuisent par la satiété, quels que soient les charmes de la compagne qu'il a choisie lui-même! — Oh! ma Bianca! avec quel délicieux mépris nous nous rions de cette satire envenimée!

BIANCA.

Quel est celui de tes livres au doux langage qui t'enseigne cette mélodie de paroles flatteuses? O mon Fazio! si un serpent prenait ta voix pour me dire qu'il n'a point de dard, je le croirais! — Trompeur doucereux qui quittes ma couche à minuit pour user sa vue sur de vieux volumes, sur des pages noircies de caractères, sur des vases bouillants, des creusets et des alambics, des drogues et des élixirs.

FAZIO.

Oui, gronde-moi, mon amour! — La plainte du rossignol est plus délicieuse que la monotone musique de ces oiseaux qui chantent perpétuellement leur heureuse tendresse. — Dis-moi, Bianca, depuis combien de temps sommes-nous mariés?

BIANCA.

Tu veux savoir jusqu'où va ton droit à t'ennuyer avec moi? — Il y a plus de deux ans.

FAZIO.

Ce sont deux jours, Bianca. L'amour n'a pas, dans son calendrier, un temps assez long pour répondre à ce que les ames sans chaleur et sans vie appellent des années. Avec mes livres, ma sage philosophie, mes enfants et leur mère, le temps coule si doucement qu'on le dirait endormi, oublieux de sa course ordonnée par le ciel. Nous sommes pauvres; mais, en richesses d'amour, ma Bianca, nous égalons les sultans de l'Orient. J'ai maintes fois pensé que, si mon alchimie merveilleuse me procurait cette précieuse liqueur dont la rosée change le fer en or, je pourrais bien, prudemment, la rendre à son obscurité primitive. Qu'en dis-tu?

BIANCA.

N'y pensons plus. Laisse cela mon Fazio!

quitte cette occupation. Je la hais ! — L'alchimie est ma rivale ; c'est ta maîtresse. —
Oui ! c'est le désir d'acquérir ce secret merveilleux qui te rend inquiet, agité, qui t'éloigne des bras de ta Bianca !

FAZIO.

Bianca , connais-tu notre voisin , le vieux
Bartolo ?

BIANCA.

Oui , certes ! — ce misérable au teint
jaune, qui semble s'être imprégné de la couleur de son or à force de le regarder. Tout
le monde le connaît assez pour le voir avec
dégoût. Il n'a ni parents, ni amis, ni connaissances ; pas un esclave, pas une pauvre fille
pour le servir. Sa porte jalouse n'admet jamais
que sa maigre personne dans la maison. L'on
cite pourtant un rat ; mais on dit qu'il y fut
surpris par la famine et y mourut de faim. —
Pourquoi m'en parles-tu ?

FAZIO.

Eh bien ! Bianca , cet homme est pourtant
un de nos richards. Il n'y a pas un galion
sur les mers qui ne porte une pacotille de
Bartholo ; pas un arpent de terre, pas même
une des villas de nos princes les plus superbes qui ne soient par lui grevés d'hypothèques ; à lui seul il remplit nos prisons de
ses débiteurs. Je le voyais hier soir s'insi-
nuer chez lui ; en ouvrant sa porte, il tres-
saillit, regarda à l'entour, comme si chaque
soupir des airs lui eût semblé le bruit causé
par un voleur adroit. Quand il s'enferma,
j'entendis la clef grincer vingt fois en tournant. Par hasard , je l'aperçus encore de notre
fenêtre supérieure et suivis le mouvement
de sa lanterne sourde. Dans les endroits où
sa jalousie, arrachée par le vent, était mal
raccommodée avec les restes tout déchirés
d'un sac à écus, à travers les toiles d'araignées
et l'épaisse poussière, il me paraissait un
squelette desséché. Il avait soulevé l'immense
couvercle d'un coffre, juste assez pour pouvoir contempler l'or monnayé, les pierres
précieuses et les épais lingots qui réfléchis-
saient tristement la pâle lumière dont Bartolo
s'éclairait. On eût dit que le Nouveau-Monde
avait échappé à l'Espagnol pour venir vider
toutes ses mines dans cette mauvaise hutte.
Ses yeux de furet leur lançaient des regards
lubriques comme ceux d'un satyre à une
nymphe endormie. Alors , comme s'il eût
entendu quelque bruit, il referma brusque-
ment le couvercle et éteignit sa lanterne.
Pour moi, ma Bianca ! je volai dans tes bras,
en remerciant Dieu de m'avoir donné de
meilleures richesses. .

BIANCA.

En ce cas , crève donc ce noir fourneau ;
brise contre terre ces alambics et ces fioles
laides et malencontreuses ! — Eh bien ! non !
— Mais , ô le plus sage des philosophes, ce
soir , au moins , appartiens tout entier à ta
Bianca !

(*Elle l'entoure de ses bras.*)

FAZIO , *la regardant tendrement.*

Le prince des poètes calomnie sans doute
l'épouse de Jupiter quand il prétend qu'il lui
fallut la ceinture de Vénus pour réveiller son
amour ; car toi, ma Bianca ! qui n'es qu'une
fille de la terre, tu as reçu de la nature ce
talisman qui ne te quitte jamais.

BIANCA.

Quelle galanterie et quelle imagination,
mon Fazio ! Lequel de nos ducs t'a donc
prêté ses poésies légères ? Certes, une phrase
si musicale et si savante aurait adouci la
Marchesa, cette Aldabella, cette reine superbe,
qui jadis t'avait tourné la tête avec ses sourires les plus doux , pour te glacer tout à coup
par ses rigueurs. Heureusement que la pauvre et méprisée Bianca vint te réchauffer de
sa pitié.

FAZIO.

Ne la raille pas , Bianca ; ne la raille pas !
Ton Fazio l'aimait. Mais qui blâmerait la
lune des cieux parce qu'un maniaque l'aurait adorée et serait mort dans sa folie ? Un
saint lui-même pourrait supporter le mépris
de la superbe Aldabella et n'en être pas ensuite moins digne du ciel. Ah ! elle versait
du baume sur les blessures qu'elle faisait ;
l'âme se plaisait à être torturée si délicieusement, et le malheur, par elle , devenait bonheur. Aldabella ! quelles grâces ! quelle mélodie ! Les mots riaient sur ses lèvres ; ses
pas majestueux étaient légers comme sont
ceux d'un ange aux ailes déployées lorsqu'il
effleure à peine de ses pas les fleurs de la
terre, de peur d'altérer leurs frêles cou-
leurs. Ses vêtements eux-mêmes étaient
animés ; ils éprouvaient le charme qu'elle
répandait, et ils se prêtaient à l'envi, dans
leur nuage de gaze légère, à orner ce corps
sur lequel la nature a déployé tout son art.

BIANCA.

Femme aussi débauchée que fière !

FAZIO.

Elle, débauchée ! — Aldabella débauchée !
— Alors , alors les lis si purs sont intérieurement noirs comme de la suie ; la neige,
cette vierge sans tache, recèle une chaleur
corrompue ; et la chasteté, — peut-être est-
elle aux cieux ; — mais ici-bas tout est vice
et désordre. Si Aldabella est impure, ah !
l'impureté n'eut jamais de traits aussi délicieux depuis qu'elle pénétra dans le Paradis !

BIANCA.

Quoi! vous vous taisez déjà? Votre divinité a-t-elle assez aspiré de votre encens? — Fazio! Fazio! si sa barque superbe ne dédaignait l'humble courant que nous descendons si doucement ensemble, je ne serais pas rassurée sur vous.

FAZIO.

Tu es injuste, Bianca! tu es peu généreuse. Dis-moi: qui abandonne pour les joyeux et bruyants accords de la harpe d'or, pour ses extases et pour ses chutes enchanteresses, les mélodies familières de son luth domestique? Mais toi, toi, vaniteuse et amoureuse de ta puissance, tu sais que tu peux rendre aimable la jalousie elle-même. Tiens! pour te punir de cette mauvaise passion, reçois ceci. *(Il l'embrasse.)* — Bonsoir. — Je vais voir comment le grand creuset fait son lent ouvrage et je suis à toi; à moins que tu ne t'imagines, mon amour, qu'Aldabella se tient cachée derrière le fourneau; auquel cas Dieu sait combien de temps je puis te faire attendre.

(Bianca sort.)

FAZIO, *seul.*

Ah! quel astre pourrait rivaliser avec le pauvre et jeune Fazio si sa science parvenait à découvrir l'admirable secret qui fait blanchir d'impatience les sages séparés du monde pour le chercher! Florence alors deviendrait trop étroite pour tous les rayons de sa gloire; sa renommée passerait les Alpes et tout le nord viendrait ici visiter le grand philosophe. Il serait riche aussi, — riche de réputation: et cette richesse est préférable à celle de l'or. *(Un gémissement en dehors.)* Saint François! quel gémissement!

UNE VOIX EXTÉRIEURE.

Ouvrez! — ouvrez, voisin! — Au meurtre! à l'assassin! au voleur!

FAZIO *ouvre.*

Eh quoi? Bartolo!

BARTOLO.

Merci, mon ami! — Oh! mes pauvres vieux membres! je ne les croyais pas à moitié si roides ni si nerveux. Saint Dominique! mais leurs stylets étaient acérés. Ils étaient six, forts et opiniâtres, armés de poignards, et ils frappaient le vieillard de leurs pointes pour qu'il lâchât ses ducats.

FAZIO.

Qui donc, voisin? — Qui?

BARTOLO.

Des brigands, des brigands à face voilée, des suceurs de sang, qui vous épuisent les veines et dont pourtant les maigres corps s'amincissent toujours. Ils savaient que j'avais reçu de l'argent du duc: mais je leur ai

échappé, voisin: ils n'ont pas eu du vieux Bartolo un ducat, pas même un liard pour faire le signe de la croix. — Ah! je saigne! et mon vieux cœur compte les minutes comme une horloge!

FAZIO.

Voulez-vous un chirurgien, mon ami?

BARTOLO.

Sans doute! l'un de ces bouchers si polis, qui vous coupent et vous tailladent la chair pour tuer le temps, et qui ensuite, par Dieu, veulent être payés! De l'or, de l'or, ou rien! L'argent devient de mauvais ton et sonne grossièrement. N'ai-je réussi à ne pas être volé que pour donner... — Oh! j'ai froid! — froid comme en décembre!

FAZIO.

Eh bien! alors, un confesseur?

BARTOLO.

Ah! ah! un confesseur! l'un de ces beaux parleurs en robe noire qui bourdonnent incessamment le nom de Dieu comme le lugubre refrain d'une ballade plaintive! qui chantent pour obtenir un codicille en faveur des Franciscains ou de quelque hôpital! — Oh! j'éprouve un tiraillement! — un engorgement! — Hélas! mes ducats et mes lingots encore tièdes de la chaleur des Indes! — Ah! j'ai oublié de sceller les pierreries du duc de Milan! Quel malheur! — Aujourd'hui même ce fou, ce bourreau d'argent, Angelo, n'a pas encore signé l'hypothèque sur ces prairies qu'arrose l'Arno. Quel malheur! quel malheur! — Pourtant je leur ai bravement échappé et j'ai sauvé mes ducats!

(Il meurt.)

FAZIO.

Reste là, lourde masse de boue. — Ce serait un péché contre la charité que de verser une seule goutte d'eau bénite sur ton corps, et vraiment il faut que la mort ait un bon estomac pour digérer un pareil ragoût. — Quel dieu parmi les hommes aurait pu être ce cadavre flétri, qui maintenant va pourrir sous la terre comme il pourrissait déjà par-dessus! Ses richesses, dans de meilleures mains, auraient entouré leur possesseur d'un concert perpétuel formé des accents du bonheur et les nations se fussent disputé l'approche de sa tombe pour y venir verser des larmes. — En de meilleures mains? M'est avis que mes doigts ne sont ni grossiers ni maladroits. Alchimie! alchimie! tu es impuissante et ne réponds à mes rapides désirs qu'à pas de tortue! J'entrevois un chemin plus court vers la gloire et les richesses. Les arbres de l'Hespérie inclinent vers moi leurs fruits précieux, invitant à les cueillir ma main qui se retire craintive. — Je voudrais et je n'ose. — C'est

d'une grande lâcheté! La moitié du mal
est dans ces mots : *Je voudrais*. Demain, si
demain me trouve pauvre, je serai en butte
à mes propres railleries... Oui! et cet homme
que l'on verrait assassiné chez moi!—Voisin,
votre charogne enfante les insectes les plus
étranges et les plus dégoûtants.—Le soupçon
en naît tout d'abord et c'est le plus dangereux de tous,— ainsi, voisin, vos clefs, s'il
vous plaît! — Au fond, tu ne portais pas une
affection bien extraordinaire à la sainte église;
le son prolongé de la cloche n'était pas une
bien douce musique pour ton oreille. Un
Dieu soit avec toi sera l'unique prière que
tu auras; tu n'aimais point ces prêtres bour-
donnants et avides. Allons! tu pourriras plus
fraîchement et plus tranquillement dans mon
jardin; une tombe dorée te coûterait trop
cher!

(Il sort avec le corps de Bartolo.)

SCÈNE II.

Une rue.

Entre FAZIO *avec une lanterne sourde.*

Moi, habitué à errer çà et là comme un bon
chien de garde que tout le monde caresse et
qui ne craint personne, me voici à rôder
comme un loup vieux d'années et de trahisons.
C'est mal de voler et je ne le ferai point. C'est
mal de voler;—et qui? les morts? Oui, de leur
dérober leur linceul et les clous de leur bière.
Mais ici je ne fais que percevoir un loyer de la
terre que ce cadavre occupe, de six pieds de
long et deux de large pour se loger lui et ses
vers. Il y a, dans mon fait, de l'usure, je l'avoue;
mais, après tout, ce n'est qu'une représaille.
S'il avait un parent ou même un ami, oh! ce
serait bien mal! Mais qui est-ce que je vole,
au bout du compte? l'État? — En vérité, je
dois merveilleusement peu à cet État pour
que je m'inquiète à ce point de son bien-être.
Je pense que notre duc représente suffisam-
ment; nos sénateurs siégent en robes d'écar-
late et d'hermine; ils vivent dans des palais
superbes ornés de colonnades; les vins de la
Grèce y coulent en abondance.—Et puis, partager cette fortune entre tant de gens, ce
serait couper le soleil en paillettes et gâter
sa splendeur passée en la dispersant. —
Allons! allons! je l'ai enterré, c'est mon Ru-
bicon! être César ou rien! Oh! mes trésors
si bien gardés, brillez de votre plus vif éclat,
jetez tous vos feux! Voici un libérateur et
non un tyran qui vous arrive! il va rompre
votre sommeil lourd et paisible et vous rendre
à la lumière et à la liberté! Vous ne vous ré-

duirez pas en poussière, vous ne vous roul-
lerez pas dans d'épaisses ténèbres, mais
vous jetterez un éclat égal à celui des rayons
du soleil!

SCÈNE III.

Les environs de la demeure de Fazio.

FAZIO *rentre avec un sac qu'il pose à terre.*

Jusqu'ici, quand j'approchais de cette porte,
il semblait que mes pieds foulaient des cous-
sins de duvet parfumé. Les oiseaux ailés,
quand, au travers du lent crépuscule, ils re-
tournent vers le nid où couve leur compagne, ne sont pas si légers que je l'étais.
Mais cette nuit on dirait que la terre m'a
lourdement entouré les pieds; je me meus
comme si chacun de mes membres était chargé de chaînes. La lumière de la lune, qui me
semblait ordinairement si douce, si balsa-
mique à mon sein haletant, tombe froide sur
moi et me gèle. Les piliers de marbre, qui
prenaient leur essor si majestueusement qu'ils
semblaient soutenir la voûte azurée des cieux,
pendent sur ma tête lourds et accablants. Les
pierres sur lesquelles je marche rendent de
menaçants échos qui ont le son de la voix hu-
maine. Des bras qui n'ont pas de corps m'en-
veloppent à mon passage, et des yeux ternes
et hors de leur orbite se fixent sur moi; mais
je leur ai échappé. A vrai dire, ce fardeau
pourrait lasser des nerfs plus opiniâtres que
les miens. Quoi qu'il en soit, Dieu merci! le
voici à bon port! — Dieu merci! et pourquoi
remercié-je Dieu? parce qu'un pauvre honnête homme est devenu un riche sans courage.

SCÈNE IV.

Maison de Fazio.

FAZIO *entre avec son sac ; il l'ouvre, et y plonge
ses regards.*

Merci, voleurs bienveillants, voleurs pleins
de libéralité! Vos poignards sont mon idole.
— Avez-vous franchi les limites de la loi?
vous êtes-vous moqué de la damnation éternelle prononcée sur l'âme des meurtriers, pour
que mes mains, aussi pures, aussi blanches
que jamais, pussent recueillir la moisson dorée? Oh! je vous remercie et vous proclame
mes bons, mes véritables amis.

(Bianca entre. — Fazio cache son trésor.)

BIANCA.

Eh bien! Fazio. Non, cela est trop fort;
non, Fazio, je ne serai pas un enfant chagrin
qu'on calme et qu'on endort avec des chansons.

FAZIO.

Demain, nous recevons le duc; sera-ce aux palais Adorni ou Vitelli? Tous deux sont en vente et tous deux sont vastes et beaux.

BIANCA.

Quoi! Fazio, quelle folie? Quitte cet air étrange, insensé. Je préférerais te voir pleurer à te voir si extraordinairement joyeux.

FAZIO.

Oui, et ce sera un glorieux banquet que le mien. Les beaux serviteurs y auront des vêtements aussi splendides que s'ils versaient le nectar aux dieux immortels. Oui, oui, Bianca, il y aura une princesse, et elle sera la reine de la fête. Voyons; or et cramoisi doivent convenir aux beautés qui ont de blonds cheveux; — ce sera or et cramoisi. Sais-tu la princesse que je veux dire? le sais-tu, Bianca?

BIANCA.

Non: si tu veux encore me railler, je ne pleurerai point; tu n'auras pas le méchant et pitoyable plaisir de me rendre malheureuse. Je serai froide et supporterai les peines que tu me feras comme une statue.

FAZIO.

Je viens de penser à mon tour, Bianca, que ces noirs alambics étaient un ameublement affreux et malséant. Voyons s'ils sont fragiles. (*Il les met en pièces.*) Je veux de la dorure, j'en veux partout; tout reluira chez moi! Je suis las de cette obscurité sale et sombre. Tiens, Bianca; (*Il découvre le sac.*) regarde ici, Bianca, voici une lumière! Prends garde; ta vue ne peut soutenir un tel éclat. Ce n'est pas celui du jour, ni celui de l'aurore. — Non, un seul de ces diamants vaut mille florins! Demain, dis-moi, qui sera reine de la fête? (*Elle fond en larmes.*) Rentrons, rentrons. Je te dirai tout là-dedans.

(*Ils sortent.*)

ACTE DEUXIÈME.

SCÈNE I.

Salle du palais de Fazio.

FALSETTO, DANDOLO, PHILARIO *et* UN GENTILHOMME.

FALSETTO.

Servez-vous le seigneur Fazio?

LE GENTILHOMME.

Oui, monsieur, il m'honore de ses ordres.

FALSETTO.

C'est un brave gentilhomme! Dites-lui que le signor Falsetto, que Philario, le très célèbre improvisatore, et que le signor Dandolo, l'artiste qui donne la mode aux personnes de la cour, lui présentent leurs hommages.

LE GENTILHOMME.

Bien volontiers, messieurs. (*a part.*) Mon maître possède le toucher de Midas: ces gens veulent voir s'il a les oreilles de ce grand roi.

(*Il sort.*)

(*Entre Fazio magnifiquement habillé.*)

FALSETTO.

Ô noble seigneur, ô merveilleux philosophe! Nous venons te remercier d'honorer ainsi notre Florence par la splendeur de ta gloire. Tu as ravi à la nature un secret qui te rend son parfait modèle: elle ne peut que créer l'or, toi, tu le peux aussi; mais en ceci tu la surpasses, qu'elle l'enterre dans la boue et dans le sable, dans les entrailles de la terre que ne visitent jamais les rayons du soleil, tandis que toi tu l'étales sur la surface du globe, honteux de son ancienne obscurité.

FAZIO.

Mon cher monsieur, mes oreilles sont peu habituées à ce torrent de flatteries. Si j'osais manifester une ignorance aussi impolie, je vous demanderais votre qualité?

FALSETTO.

Moi, mon bon seigneur, je suis une personne d'une telle perspicacité pour les vertus de mon prochain et d'un tel amour pour les supériorités que, si j'aperçois un homme sage, noble ou riche, je me persuade qu'il est bien malheureux pour un tel homme d'ignorer sa valeur: alors les mots découlent de mes lèvres et je lui présente l'image de ses mérites dans le miroir de ma chétive éloquence.

FAZIO.

Ce qui, traduit en langue vulgaire et honnête, signifie un flatteur.

FALSETTO.

Un flatteur! Fi! le mot est devenu grossier. — Je suis un habile discoureur sur les choses d'honneur, un professeur de l'art apologétique. Il serait mal à moi, ayant la vue du faucon pour découvrir de si belles qualités, de n'avoir pas même la voix de la grive pour les chanter. — La richesse, monsieur, la richesse est le vêtement de l'homme, la garniture d'un diamant plus précieux encore, — les qualités intimes et ignorées de l'âme. Et la philosophie, ô monseigneur! la philosophie est la manifestation de notre essence divine; par elle nous savons que nous sommes des dieux, et par elle dieux nous sommes. Mais la richesse et la philosophie chez un seul homme! Eh! qui ne voudrait donc pas célébrer un accord et si rare et si beau? Qui ne voudrait servir dans le somptueux palais que glorifient des hôtes si extraordinaires et si admirés?

FAZIO, *à part.*

Fazio, pauvre et honnête, eût repoussé une société aussi méprisable; mais le seigneur Fazio doit soutenir sa nouvelle position au moyen de ces êtres avilis : ce sont les jackals du lion. (*à Falsetto.*) Mon cher monsieur, je serai honoré de votre société. (*à Dandolo.*) Oserai-je, monsieur, m'informer de votre état et de votre titre?

DANDOLO.

Oh! monseigneur, la coupe de votre robe, votre drap d'or qui est trop bas de toute la largeur d'un cheveu, prouvent évidemment que le signor Dandolo vous est inconnu.

FAZIO.

Cette ignorance est vraiment déplorable, monsieur.

DANDOLO.

Monseigneur, tu as devant toi le miroir de la cour, celui qui règle invariablement les rapides révolutions de la mode, qui décide que telle couleur convient à telle saison, qui arrête l'époque où l'œillet printanier doit remplacer à la cour les étoffes brunes de l'hiver, celle où les chaleurs de l'été autorisent les jaunes vifs et brillants, celle où le velours doit abdiquer pour le léger satin. Oh! monseigneur, avec votre étoffe de Venise, vous êtes en retard au moins de trois jours.

FAZIO.

Je suis désolé, monsieur, d'avoir mérité votre désapprobation sur un point aussi important.

DANDOLO.

Oui, seigneur, je suis juge souverain pour toute affaire de bas, de bottes et d'éperons; je suis arbitre suprême en matière de robe et de chapeau; quant aux fraises, il ne peut y avoir d'appel de mes décisions.

FAZIO.

Mon cher monsieur, j'ai bien peur qu'une puissance aussi despotique sur les personnes de nos citoyens ne devienne nuisible à notre république de Florence.

DANDOLO.

En vérité, monseigneur, je suis un vrai tyran. Certes, si un sénateur se permettait de porter en juin un manteau de fourrure, je le déclarerais coupable de lèse-majesté envers ma royauté. On m'appelle Dandolo, le roi de la mode. — Tout ce qui fait partie de l'habillement est soumis à ma loi. Si notre duc lui-même portait des vêtements d'une couleur que j'aurais positivement désapprouvée, son haut rang le mettrait peut-être à l'abri de mes remontrances; mais, mon bon seigneur, l'opinion publique serait toujours là pour comprendre le silence miséricordieux du signor Dandolo.

FAZIO.

Vous êtes un Lycurgue!

DANDOLO.

Que voulez-vous, monseigneur? On ne maintient son pouvoir qu'à force de sévérité. (*l'ajustant.*) Votre chapeau, monseigneur, un peu vers le nord-est, et votre épée — ainsi, monseigneur, — dans cette direction, formant un angle équilatéral. Oh! sur mon honneur, monseigneur, ce bas est d'une belle trame! Il ne faut pas que vos dames (car je prévois que vous serez une planète centrale) se laissent aller à quelque écart hérétique, à quelque infraction fantastique des lois que j'établis :— il faut donc que Votre Seigneurie introduise le signor Dandolo auprès de leurs personnes.

FAZIO.

Mais vous devez être bien dangereux, bien irrésistible auprès des dames, mon cher monsieur?

DANDOLO.

Non, seigneur, non! Je ne suis pas un de ces galants qui languissent pour deux lèvres vermeilles, pour des yeux noirs ou bleus, pour un beau visage, ou pour ce trésor poétique, — un cœur vrai et fidèle. Mais, monseigneur, une chevelure bien ordonnée, voilà ce qui me rend aussi malheureux qu'un tourtereau dans sa saison d'amour; une pantoufle de bon goût fait les délices de mon ame. Oh! j'adore une robe qui tombe et flotte comme si elle était plus légère que l'air qui l'environne; une pièce d'estomac me tourne la tête, si les joyaux qui l'ornent en font, dans leur gracieuse disposition, une zone d'étoiles; et un éventail... ah! le mouvement élégant de l'éventail!... cela m'assassine, mes pauvres et faibles sens n'y peuvent résister!

FAZIO.

Mais vous étiez trois : l'improvisatore, le noble Philario, parait se tenir à l'écart.

PHILARIO.

Très puissant seigneur, ce serait une bien grande vanité que de monter sa harpe au ton de votre gloire. Pour chanter l'inventeur de la pierre philosophale, le prince souverain des alchimistes, il faudrait que, du froid versificateur, de l'adroit arrangeur de mots recherchés et de phrases arrondies, pût decouler un torrent d'harmonie sonore à ta louange, mais moi, monseigneur, à qui le feu sacré...

FAZIO.

Fi! monsieur, fi! c'est fastidieux! Il y a, monsieur, un sol qui permet le développement impur et empoisonné de cette herbe mauvaise et vivace qu'on nomme flatterie; mais l'âme d'un poëte devrait produire une plus riche moisson. — L'aconit ne poussait point dans l'Éden. Toi, dont les lèvres sont imprégnées du feu sacré, dont l'œil, errant dans un horizon vaste comme le monde, se nourrit de grandeur et de beauté: toi qui sais discerner et comprendre tout ce qui est pur et céleste, se peut-il que tu fasses de toi un parasite fade et sans gravité, le chantre des favoris de la fortune! — C'est lâche, c'est peu digne; — c'est comme si l'aigle employait ses ailes larges comme des voiles à s'abattre sur un fumier; comme si une peste hâve et desséchante se pavanait dans le char doré du soleil; comme si l'on prostituait le langage des dieux à célébrer la vile et sale débauche.

PHILARIO.

Je vous remercie, monseigneur, de cette noble remontrance. — Oh! c'est la malédiction et la flétrissure de la poésie qu'il lui faille accommoder le libre essor de ses ailes aux grossières exigences d'un monde capricieux: qu'il lui faille descendre de ses hauteurs audacieuses pour mendier des applaudissements qui pourtant lui sont aussi nécessaires que l'air l'est à la vie. Oh! sur cette terre de plaisirs, de danses et de débauches, seuls, les chants d'amour, ces chants qui excusent les fautes, peuvent se faire écouter: oui, seules, les chansons lascives et langoureuses, ornées de tous les charmes de la mélodie, peuvent attirer l'attention et de l'Italie blasée, énervée par les délices! Mais, monseigneur, pour l'initié, nous avons des mystères plus profonds. — Écoutez! — écoutez!

(Il chante.)

Riche et royale Italie! superbe fiancée de la puissance! la terre ne se crut pas déshonorée d'avoir été réduite en esclavage par toi. Aux bords du large Euphrate, quand le soleil montait au milieu des vapeurs, les plumes d'or de tes aigles reflechissaient la splendeur de son lever, et, lorsque, loin de là, dans l'Occident, cet astre se couchait, l'oiseau glorieux brillait encore de ses derniers rayons.

Italie triste et déchue! proie éternelle du bandit, quand l'œil du jour vit-il une esclave semblable à toi? Long-temps tu fus l'arène sanglante où de vils roitelets venaient jouer leurs misérables jeux de guerre chétive; ou bien c'étaient les orgueilleux despotes qui descendaient du nord pour se partager de leur main de fer ta couronne brisée.

Enthousiaste et belle Italie! reine des beaux-arts, tu pus encore tenir les cœurs dans une douce captivité. La Vierge du divin Raphaël s'offrit à l'amour et à l'adoration; l'air amoureux s'arrêtait aux mélodieux accents d'une musique suave; tes poëtes, pleins d'audace et de liberté, osaient flétrir noblement leur époque, et la haute majesté de leurs vers ravissait les peuples!

Dissolue et languissante Italie! où donc est aujourd'hui le charme qui, aux jours de ton deuil, faisait de toi une reine? Le pinceau est froid et sans puissance, ce pinceau dont la plus légère touche donnait la vie! le feu immortel de tes grands poëtes est éteint. Italie! ressusciteras-tu de ta tombe sans gloire? — L'âge d'or reviendra-t-il sous l'azur de ton ciel?

Telle sera, oui telle sera l'Italie quand, morcelée aujourd'hui, elle aura recouvré son unité; telle sera, oh! telle sera l'Italie quand d'esclave elle redeviendra libre!

SCÈNE II.

Promenade publique.

FAZIO, FALSETTO, DANDOLO, PHILARIO.

FALSETTO.

Voici là-bas, monseigneur, la marchesa Aldabella. Sur elle se porte l'admiration de Florence entière.

DANDOLO.

Voici, monseigneur, voici une robe qui retombe bien! Que je voudrais être le souffle du zéphir qui la fait flotter

FAZIO.

Je la saluerai, messieurs, avec votre permission. Je vous retrouverai dans la Piazza.

(Tous sortent, excepté Fazio.)

FAZIO, seul.

Maintenant, femme orgueilleuse, nous sommes égaux: je veux t'affronter avec une fierté égale à la tienne.

(Entre Aldabella; elle parle après avoir salué à droite et à gauche.)

ALDABELLA.

Jadis, quand nous nous rencontrions, vous et moi, monsieur, nous n'étions pas si froidement polis. — Monseigneur!... J'avais oublié qu'on vous dit monseigneur. Vous autres seigneurs, à l'aurore de votre puissance, vous vous en montrez jaloux: à peine si, grands philosophes que vous êtes, vous foulez la terre. Et nous, pauvres êtres rampants, pour obtenir vos regards, si nous les désirions, il nous faudrait vous rencontrer dans les airs. Oh! que ce dédain vous sied bien! il donne l'air si grave et si respectable!

FAZIO.

Selon la marchesa Aldabella, le dédain est-il donc chose si monstrueuse et si hérétique?

ALDABELLA.

Encore! voici une trahison nouvelle, un rire fort peu respectueux, une plaisanterie malséante, devant un sage aussi renommé;—mais je me réjouis de ta bonne fortune, Fazio.

FAZIO.

Certes, ma fortune est bonne, si elle mérite ta joie, la joie de la superbe Aldabella!

ALDABELLA.

Oh! si tu n'avais pas rejeté si dédaigneusement mes offrandes courtoises, je t'aurais dit...

FAZIO.

Quoi, madame?

ALDABELLA.

Oh! rien, — absolument rien; — un mot en l'air. — Tu es marié, Fazio? et ton épouse est sans doute un diamant de première eau? Je sais que tu diras oui. On connaît depuis long-temps tout ce que tes lèvres passionnées peuvent dire sur les beautés d'une dame. Il me semble que je t'ai entendu discourir de l'amour et de la beauté jusqu'à ce que l'oreille fût rassasiée des sons de ta voix, toute pleine de douceur qu'elle était. — Mais que je ne la voie jamais, Fazio, jamais!

FAZIO.

Et pourquoi pas, marquise? Elle est parfaite; humblement, obscurément parfaite, il est vrai; mais enfin Florence peut être orgueilleuse d'elle, aussi justement qu'elle l'est de celles qui brillent d'un plus grand lustre. — Et pourquoi pas, marquise?

ALDABELLA.

Pourquoi! je l'ignore. — Oh! la science est toujours curieuse. Il faut que la pauvre nature réponde clairement à toutes les questions qu'elle lui pose. — N'y pensons plus! Cela m'a échappé. Les mots sortent involontairement de la bouche quand l'esprit est troublé. — Oh! non! ce n'est pas seulement parce qu'elle est aimable; — mais n'y pensons plus. — Connaissez-vous le décret?

FAZIO.

Quel décret, marquise?

ALDABELLA.

Le décret qu'ont rendu le grand-duc de Florence et son conseil contre l'emploi des tourterelles dans la poésie. Dorénavant on ne pourra plus se servir de cet utile oiseau comme d'un doux emblème de la constance vraie. On a trouvé un nouveau mot pour cet usage et il est aussi pur toscan: *Fazio* comblera ce vide; sinon, que le ciel aide le poète!

FAZIO, à part.

Avec quelle grâce étincelante et légère les mots s'échappent de ses lèvres veloutées! Sa voix jadis aimée résonne délicieusement à mon oreille, comme un de ces chants si doux que nous aimions dans notre enfance.

ALDABELLA.

Eh bien! oui, monseigneur, dans ce temps de dégénération, la constance est une vertu si rare que les anges descendent ici-bas pour la contempler et que la terre s'en enorgueillit. C'est par cette vertu que notre Florence va jeter un vif éclat. Il est vrai, et je l'avoue, que l'odeur de la rose finit par devenir fade et désagréable, et que les plaisirs gagnent à être comparés. — Mais qu'est-ce que tout cela auprès de l'orgueil majestueux d'être l'unique, le véritable phénix?

FAZIO.

Aimable et noble dame, tu parles comme si ce doux mot, constance, était dur et offensant pour ton oreille.

ALDABELLA.

Non, monseigneur. Les bonnes vieilles vertus auraient eu assez d'éclat pour moi s'il m'était arrivé d'être le trésor d'un avare, et si ses yeux s'étaient toujours ouverts sur moi seule, jamais je ne me serais plaint d'une aussi aimable et fidèle avarice.

FAZIO.

Marquise, il y eut un temps où je rêvais de me faire l'avare d'un trésor autre que celui que je veille aujourd'hui, d'un trésor non moins noble, non moins précieux que toi-même.

ALDABELLA.

Oui, oui, monseigneur; oh! oui. — On a dit, dans le temps, que toi et moi nous nous aimions; on a dit: que toi et moi nous devions nous marier ensemble. — Ainsi disait-on, monseigneur. — Oh! la mémoire, la mémoire! C'est un plaisir amer; mais c'est toujours un plaisir.

FAZIO.

Un plaisir, marquise! — Pourquoi donc, en ce cas, m'avoir rejeté comme chose indifférente? — avec un mépris glacial qui détruisait le bouton qu'eût développé le soleil de ton sourire?

ALDABELLA.

Il est bien facile d'afficher le dédain! Pour cela, il suffit de rider son front, d'arquer ses sourcils flexibles et de donner à l'œil qu'ils recouvrent une expression froide et digne. — Castelli! oh! Castelli!

FAZIO.

Qui était-ce, madame?

ALDABELLA.

Une personne, mon bon seigneur, que j'aimai de tout mon cœur.

FAZIO.

Tu as donc aimé, aimé d'un amour fervent et vrai, Aldabella? — Mais que m'importe!

ALDABELLA.

Oh! oui, monseigneur. C'était un noble gentilhomme. Tu le connais par son titre, le comte d'Orsoa, mon plus proche parent, mon bon oncle. — Me défiant de notre nature fragile et passionnée, je m'étais fait un devoir de suivre ses sages conseils. Il était orgueilleux de moi et me croyait un parti digne des plus grands princes. Ses innocentes flatteries m'enivrèrent tellement, et cette fatale idée de devoir avait pris tant d'empire sur moi!.. Fazio, me trouves-tu changée depuis que nous ne nous sommes vus? Mes yeux brillent-ils comme autrefois? Est-ce que ma figure porterait encore les traces d'une paisible indifférence tandis que mon cœur est triste et désolé?

FAZIO.

Est-ce possible! Quoi! tu m'aimais? — Quoique ce soit une joie vaine, qui m'est aussi inutile que la clarté du soleil aux yeux d'un mort, dis-moi de grace et franchement...

ALDABELLA.

Mon grave confesseur, recouvre-toi de ta capuce. — Tu voudrais donc que je te parlasse de journées de douleurs et de nuits de larmes? Telles furent les miennes, et tristes étaient les airs dont résonnait mon luth! Fazio, ceux qui souffrent le plus se plaignent le moins. — Ciel! comme la langue vous trahit par ses indiscrétions! — L'air n'est-il pas épouvanté de paroles si criminelles? — Oh! tu ne m'as pas entendue. Hélas! hélas! Et toi, — va! je le sais trop bien, — tu répandras partout et vaniteusement le bruit de la chute de la fière Aldabella! — Ne me trahis pas, de grace! aie plus soin de la réputation d'Aldabella qu'elle n'en a eu elle-même. *(Fazio tombe à ses genoux.)* Monseigneur! monseigneur! c'est ici un lieu public. — Adieu; on m'attend à mon palais près de l'Arno. Adieu, monseigneur, adieu! — Ne me trahis pas; — mais que je ne la voie jamais, Fazio, jamais!

(Elle sort.)

FAZIO, seul.

Elle m'aime! — elle m'aime jusqu'à en pleurer! — Ah! son amour pourrait faire descendre une statue de bronze de son piédestal et faire tressaillir de vie ses veines verdâtres! — Belle chasteté, il y a deux adroits démons qui combattent contre ton joyau: l'un dans l'intérieur même de la place, et c'est un démon doux et insinuant, l'Amour; l'autre au dehors, et c'est un gentilhomme aussi beau que riche, Giraldi Fazio: ils ont formé alliance. Ainsi, vertu insociable et

glacée, il faut de toute nécessité que tu perdes une nonne qui t'était destinée, la très belle, la très orgueilleuse Aldabella. Si j'avais été honnête, certes je ferais une chute; mais maintenant ce n'est qu'un pas de plus vers le précipice. — Bianca! mais Bianca! — Oh! soutiens-moi, soutiens-moi! retiens, par les entraves de ton amour, mon ame qui t'échappe. Te faire injure, Bianca! Non, non c'est trop mal; c'est me précipiter dans l'abîme sans fond de l'infamie et du péché; mais je ne suis pas encore fatigué d'un air plus pur. Te tromper, Bianca! Non, non, pas pour toute la terre, pas pour tout ce qu'il y a de plus brillant au monde, pas pour Aldabella!

SCÈNE III.

Palais de Fazio.

FAZIO *et* BIANCA.

FAZIO.

M'aimes-tu, Bianca?

BIANCA.

La belle question pour un philosophe! — J'y ai répondu depuis deux longues années, et certes, d'ici à long-temps, je n'aurai pas besoin d'y répondre.

FAZIO.

Tu te formes, Bianca. A la cour, vois-tu, les dames me trouvent un beau gentilhomme, oui, même un esprit dangereux qui décoche de très piquantes épigrammes.

BIANCA.

Et tu crois tout cela?

FAZIO.

Dame! — Si les galants, les beaux-esprits de l'époque te formaient cortége en débitant des vers sur ta beauté, en te disant à l'oreille de douces et amoureuses sornettes, ne deviendrais-tu pas solennellement infidèle?

BIANCA.

Je n'y ferais pas attention; mon humble beauté ne souhaite qu'un seul flatteur.

FAZIO.

Oui, mais ils ne se rebuteraient pas et te forceraient à entendre leur musique suave, quand même tu te boucherais les oreilles. Croyez-vous que vous pourriez alors vous contenir toujours calme, froide et tranquille?

BIANCA.

Oh! non. — J'ai bien peur qu'un rire impoli ne fût la récompense de leurs faciles mensonges.

FAZIO.

Mais si l'un deux baisait vos lèvres ou serrait vos doigts dans sa main folâtre, croyez-vous que vous pourriez l'endurer?

BIANCA.

Fazio, de pareilles questions deviennent offensantes. Monseigneur, la vertu inspire un tel respect que par elle un front pur et calme comme le mien devient capable de foudroyer un insolent libertin. Il caresserait un charbon enflammé dans ses mains, il presserait une ronce de ses lèvres impies, avant que d'oser attenter à mon honneur.

FAZIO.

Eh bien! si tu me voyais auprès d'une noble dame qui ne me quittât pas plus que mon ombre, que mes louanges et mon encens parfumé rendissent et plus belle et plus aimable; si son bras, tremblant d'amour, s'appuyait sur moi, si ses yeux empruntaient leur éclat aux miens, si ses lèvres ne laissaient tomber de mots que dans mon oreille, probablement ton front se plisserait. tu me regarderais sévèrement, avec une pâle angoisse sur ta joue silencieuse. Eh bien! cela ne serait pas convenable! ne serait pas de bon ton. — Il faut nous défaire de ce grand attachement l'un pour l'autre; il faut devenir froids, polis, ne nous voir que par aventure, et nous dire alors: Comment se porte monsieur? Madame a-t-elle bien dormi? comme si nous demeurions aux deux extrémités opposées de la ville.

BIANCA.

Qu'est-ce qui t'est donc arrivé? — Ceci n'est pas naturel; tu ne parlerais pas ainsi de sang-froid. Fazio, tu as vu Aldabella!

FAZIO.

Eh bien! Ce n'est pas un basilic; — ses yeux ne donnent pas la mort.

BIANCA.

Ah! Fazio, la mort et plus que la mort: — une mort au-delà du tombeau, — la mort du péché, — une mort hideuse, une mort où l'on pousse des hurlements, une mort éternelle, — une mort qui fait frémir! — Non, tu ne la verras point! — Oui, je te le défends — tu es à moi, et je ne veux pas que tu la voies!

FAZIO.

Tu ne veux pas! — Me crois-tu un esclave au sang épais et lourd qui va dire *Amen* à ton *Je ne veux pas?* la main sur un cadran, seulement pour indiquer quand il plaira à l'humeur de Votre Seigneurie de s'évanouir?

BIANCA.

Fazio, ma tête est tout en feu; mes lèvres brûlent, Fazio, à cette seule pensée: je préférerais te voir dans un linceul à te voir dans les bras de cette mauvaise femme; je préférerais sur tes lèvres les vers du tombeau aux baisers de cette mauvaise femme!

FAZIO.

Pourtant ils ne sont pas venimeux et ses bras n'étouffent point.

BIANCA.

Prenez garde; nous sommes passionnées: notre lait d'amour se tourne en absinthe et devient amer à boire. Celles qui aiment le mieux sont les plus emportées; où le feu est le plus intense, le pâle incendie craint la conflagration ardente et générale. Si vous nous jetez aux vents, les vents nous donneront leur nature vagabonde et déréglée; nous tourbillonnerons, et où nous nous poserons, Fazio, celui-là seul qui règle les vents en furie peut le savoir. — Si vous arrachez l'amour de mon âme, l'amour qui en est le mouvement, l'essence et la vie, il y aura un conflit étrange et terrible entre les passions les plus épouvantables pour remplir ce vide, et leur lutte horrible me fera, — j'ignore vraiment quoi, — te haïr peut-être? — Oh! non, — je ne pourrais te haïr, Fazio; non, non, mon Fazio; nous n'en sommes pas encore là; mes bras eux seuls diront dorénavant *Je ne veux pas;* je n'alarmerai plus tes oreilles chagrines; mais je te parlerai avec mes lèvres.

(*Elle l'embrasse.*)

FAZIO.

Que je suis enfant, — sauvage et fantasque! — semblable à ce fou affamé qui, dans un accès de caprice, laissa choir son dernier et délicieux morceau! Je la verrai une fois encore, Bianca, rien qu'une fois; je lui déroulerai un tableau fidèle de notre parfaite prospérité. Si elle est un ange, ce sera pour elle un aperçu du paradis et elle sourira l'un de ces doux sourires qui rendent l'air plus pur, plus brillant et plus embaumé. Si elle est un démon; — non, le diable est trop laid! l'imagination se révolte à cette pensée et frémit comme à l'approche d'un serpent caché sous des fleurs. Le démon et Aldabella! — Fi! — C'est comme si l'on entendait chanter ensemble le rossignol et le chat-huant. Quoi! encore des larmes à effacer par mes baisers? — Je vais revenir: — bonsoir! — ce n'est rien qu'une fois. Vois, tu as le goût de mes lèvres à mon départ. et, quand nous nous retrouverons, si elles sont souillées. alors tu pourras!... — oh non, tu ne pourras pas me haïr.

(*Ils sortent.*)

SCÈNE IV.

Palais d'Aldabella.

ALDABELLA, *seule.*

Mon joli oiseau voltige autour de l'amorce: il faut que ma main soit habile pour l'attraper. Sa richesse et sa réputation lui marquent nécessairement une place parmi mes admirateurs, autrement Florence renierait mes charmes. *(Entre Clara suivie de Fazio.)* Clara, avez-vous été aux Ursulines? Qu'a dit ma cousine, la bonne dame abbesse?

CLARA.

Elle m'a dit, madame, que, demain soir on recevra des novices : mais madame l'abbesse s'étonne, et moi aussi je m'étonne, madame, de cette subite passion qui vous prend pour ces cloîtres humides et obscurs. Oh! madame, si vous saviez! C'est qu'ils vous feront couper toute votre belle chevelure noire, tandis que, aujourd'hui, pour un seul de vos cheveux, tous les seigneurs de la cour se querelleraient et se couperaient la gorge.

ALDABELLA.

Hélas! qu'importe où je traîne le reste de ma vie obscure et méprisée! — Clara, tu me fatigues.

CLARA.

Mais, madame, j'ai vu leur habillement : il est d'une étoffe si rude et si dure que, j'en suis sûre, il déchirerait la douce peau de Votre Seigneurie comme pourraient le faire des ronces et des épines, et puis, la femme d'un tonnelier, à la foire, est plus élégante qu'elles ne le sont.

ALDABELLA.

Tant mieux : mes larmes ne terniront pas ma robe. Elle sera toujours assez riche pour une douleur aussi amère! *(Clara sort. Aldabella semble apercevoir Fazio.)* Ah! monseigneur, vous venez à propos pour recevoir un éternel adieu. Les portes de notre couvent sont fortes, noires et bien fermées : les voiles de nos Ursulines sont tissés d'une trame si jalouse qu'il faudrait aux curieux des yeux bien perçants pour s'assurer si la peau qu'ils cachent est noire ou blanche comme la neige.

FAZIO.

Quoi! un couvent pour la brillante Aldabella! Quoi! ce miroir de toutes les perfections rivales, celle dont la voix, comme une harpe enchantée, réveillait toutes les pensées de plaisir et d'amour. Aldabella renfermée dans le lourd silence d'un cloître!

ALDABELLA.

Eh! qu'importe qu'un aveugle repose sur une verte pelouse ou sur un marais bourbeux? Qu'importe au cœur mort et flétri, à l'âme qui s'est desséchée, qui ne sait plus distinguer le bien du mal, s'ils habitent de somptueux palais ou parmi les tristes tombeaux et les emblèmes de la douleur. — Il y a une douleur si bien mêlée à l'existence qu'elle s'empare de tous nos sens : alors la cloche monotone et bruyante semble aussi

mélodieuse que les chants de la harpe sonore par un clair de lune; alors les membres ne sentent plus s'ils reposent sur un grabat ou sur le duvet.

FAZIO.

Que voulez-vous dire, madame? Vous me confondez! Quel est le chagrin assez hardi pour oser s'établir au sein de la marchesa Aldabella?

ALDABELLA.

Oh! monseigneur, un amour secret. — Non, Fazio, ne me regarde pas ainsi; la parole expire sur mes lèvres, tant mes joues sont enflammées; — cela brûle, cela consume, un amour secret. Mais, s'il s'est échappé de sa prison muette, s'il s'avance hardiment au grand air, il se ligue avec un démon que l'on nomme honte : et ils vont ensemble jusqu'à ce que le malheur s'attache de sa dent de vipère à cette passion et en détruise l'existence empoisonnée.

FAZIO.

Le malheur et toi! — ce n'est pas naturel! — Toi, porter le joug de cet ange des ténèbres, le malheur! — de cet Éthiopien, de ce Maure! — ce serait accoupler la tourterelle et le milan. Cela ne peut pas être, il faut vous séparer.

ALDABELLA.

Ah! monseigneur! nous sommes trop engagés. — Te rappelles-tu la légende de notre vieux poète sur les portes de l'enfer : *L'espoir n'entre pas ici!* Où l'espoir n'entre pas, là donc est l'enfer; et qu'ai-je à espérer?

FAZIO.

Ce que tu as espérer? — Tu es étrangement belle!...

ALDABELLA.

Voudrais-tu laisser cette flatterie pour tout souvenir à mes oreilles ravies? — Ce serait poli, cruellement poli!

FAZIO.

Oh! non; nous ne nous séparerons pas, nous ne saurions nous quitter! Je venais te dire quelque chose : quoi? je l'ignore. Mais certes je n'avais qu'un mot à te dire; et ce mot... — Vois-tu, si ta peau était hérissée de rides, ta joue creuse et livide, ta voix rauque et tremblante; mais si tu conservais encore cette taille aérienne, ces lèvres roses et rondes, semblables à une cerise coupée par la moitié, ces yeux noirs si pleins d'humide langueur; non, je ne le dirai pas! — Et pourtant je succombe! — Le poison est à l'œuvre. — Maintenant, écoute-moi, marquise : — Nous allons faire l'amour!

ALDABELLA.

Oh! monseigneur, autant que l'honneur peut le permettre.

FAZIO.

L'honneur! — c'est un mot suranné, à la cour au moins; et pourquoi résister à l'usage?

ALDABELLA.

Monseigneur Fazio... — Ai-je dit monseigneur Fazio? — Tu me trahiras; cette femme, — cette épouse, — tu sais bien qui je veux dire. — Monseigneur, je ne suis ni atrabilaire ni envieuse; mais c'est un nom que mes lèvres se refusent à prononcer.

FAZIO.

Bianca, oh! Bianca est son nom: la douce Bianca, la tendre Bianca; et, dans le temple de Dieu, j'ai solennellement juré fidélité à ce nom.

ALDABELLA.

Dans cette église solitaire et désolée, au moment où la nonne pâlie déclare prendre l'isolement pour froid époux, mon triste nom résonnera demain. Et pourtant, — ses droits... — Avant que vous ne l'eussiez vue, nous nous aimions.

FAZIO.

Pourquoi éloigner la coupe de nos lèvres à cause de l'amertume présumée de la lie qui est au fond? Pourquoi cette circonstance inévitable se tiendrait-elle toujours entre nous et nos plaisirs?

ALDABELLA.

Monseigneur, il est bon que les murs de notre couvent soient élevés et que les grilles en soient massives; autrement, nous autres faibles filles nous pourrions difficilement échapper à vos rages de tigre.

FAZIO.

Un voile! un voile! il fera donc nuit en plein midi à Florence, — ou plutôt la beauté allumera une flamme si brillante qu'elle effacera l'éclat des nuages pourprés qui accompagnent le soleil couchant.

ALDABELLA.

Monseigneur, j'ai un pauvre banquet à vous offrir; vous plairait-il d'y goûter?

FAZIO.

Oui, du vin! du vin! — *(Il frappe son front.)* Officieux prédicateur, je vais t'y noyer! Du vin! du vin!

(Ils sortent.)

ACTE TROISIÈME.

SCÈNE I.

Palais de Fazio.

BIANCA, *seule.*

Toute la nuit s'est passée, — une nuit entière, une nuit bien longue, — sans qu'il soit rentré, sans qu'il m'ait envoyé un mot d'écrit, sans qu'il ait pensé à moi! Semblable à une ame en peine dont le corps n'a pas été enseveli, j'erre çà et là sous ces longues arcades. Oh! dans notre vieille demeure étroite et pauvre, s'il lui arrivait par hasard de s'attarder, au moins là je n'étais entourée que d'objets familiers à mes regards. Le battement mesuré de l'horloge, le bruit de la jalousie verte quand le vent l'agitait, les plis des rideaux, les courtines de mon lit que j'avais faites moi-mêmes, et jusqu'à ses noirs creusets de fer, c'étaient là des amis pour moi. Mais ici! oh! ici, où tout est si froidement riche, où tout me paraît d'un luxe étrange et immense, où de larges galeries ne servent qu'à ouvrir un champ plus vaste à mon désespoir, — le bruit même de mes pas sur ces dalles de marbre me semble extraordinaire. Je me trouve si malheureuse, si seule, que mon Fazio infidèle serait le bienvenu, même s'il sortait des bras d'Aldabella, des bras de cette vipère. — J'avais repoussé cette idée, de peur qu'à son retour Fazio, me trouvant folle, ne me quittât de nouveau sans que je pusse le savoir. — Oh! que ne suis-je un enfant, pour me distraire avec un jouet ou tout autre subterfuge qui trompât un moment mon esprit et le détournât de cette image maudite! — J'ai tout essayé, tout en vain! Tout à l'heure encore je m'étais réfugiée auprès de mes enfants; mais les premiers sons qui sortirent de leur bouche semblaient appeler leur père. Mes lèvres étaient si brûlantes que je ne pus leur donner un baiser. Il n'est pas jusqu'aux domestiques qui sont lignés contre moi et me poursuivent de leurs railleries méchantes. *Monseigneur rentre-t-il ce soir?* est leur question incessante, et quand je leur réponds, *je l'ignore*, leur grossière pitié me fait mal, me tue. *(Entre Piero.)* Eh bien! et ton maître! Parle de la bouche et non des yeux! si ce sont de tristes nouvelles, croasse-les, oiseau de mauvais augure! Si tu en as de bonnes à me dire, je tomberai à tes pieds pour t'adorer; c'est le ministère des dieux de porter des consolations aux esprits souffrants!

PIERO

Hier soir, mon maître a soupé...

BIANCA.

Parle donc. — Où? où? — Je l'arracherai de tes lèvres. — Où? où?

PIERO.

Madame, chez la marchesa Aldabella.

BIANCA.

Tu mens! c'était au palais ducal, c'était à l'arsenal, avec les officiers, c'était chez ce riche sénateur... ce vieil homme dont le nom est si court; il a passé la nuit à jouer aux dés, à boire, à faire débauche; — mais ce n'était pas là,—c'était partout ailleurs que là, ou, si c'était bien là, pourquoi donc venir, comme une vipère rampante et vile, me darder tes mauvaises nouvelles? — Non, non, j'ai tort, mon bon ami; tiens, voici de l'argent pour les duretés que je t'ai dites. — N'est-ce pas qu'il n'était pas là? C'était un des galants d'Aldabella qui avait la taille et les vêtements de mon Fazio. Tu t'es trompé, — ce n'était pas Fazio.

PIERO.

J'en suis désolé, mais je crains bien que mes paroles ne soient que trop vraies.

BIANCA.

Hors d'ici! avec ta froide douceur! — Tu vois combien je souffre; en es-tu satisfait? Regarde! regarde! — peut-être désirerais-tu voir une femme à l'agonie, jouir de ses douleurs et de ses angoisses. — Oh! Fazio! Fazio! le sourire d'Aldabella est-il donc plus doux que le mien? son ame est-elle plus aimante? — Fazio, mon seigneur Fazio! Devant les hommes Fazio est à moi, à moi seule; devant Dieu Fazio est à Bianca et non pas à Aldabella. — Ah! se peut-il que j'aie vécu assez pour en douter! — Désormais adieu toute joie; tout rapport entre nous deux est empoisonné. S'il prononce mon nom avec l'accent de l'amour, ce sera ainsi qu'il aura prononcé le sien, — du moins je le croirai. S'il m'embrasse, les mêmes bras qui l'auront étreinte m'étreindront aussi; et si ses lèvres touchent ma joue, il s'arrêtera pour se dire que la sienne est ou n'est pas plus douce que la mienne!

PIERO.

Allons, allons, madame, ne vous laissez pas aller à ces pensées, cherchez à vous distraire. J'ai appris d'étranges choses; le duc tient conseil pour instruire sur la mort du vieux Bartolo, l'usurier. Il a disparu depuis long-temps et il a été assassiné, à ce qu'on dit.

BIANCA.

Eh bien! monsieur, que m'importe? Ne puis-je pleurer sans avoir fixé sur moi l'œil d'un domestique? Qui t'a chargé de régler ainsi la liberté de mes pensées et de leur fixer un point d'arrêt? Sortez! (Il sort.) — Ha! que disais-tu? la mort de Bartolo! et le duc qui tient conseil. — Je lui arracherai mon Fazio. S'y attacherait-elle comme la vigne à l'ormeau, je l'arracherai de ses bras, même s'il y allait de la vie. — Allons! pas de retards, car si j'attends je redeviendrai faible et craintive; la compassion s'emparera de moi et je m'asseoirai indulgente et misérable pour pleurer sur ses torts. — Si le cœur d'Aldabella pouvait être aimant et passionné comme le mien! Je donnerais tout au monde pour la voir quand on les séparera. — Oui! mais si elle a un cœur froid, si elle ne sent rien, je ne serai plus qu'à demi vengée. — Courons! je voudrais avoir des ailes et voler!

SCÈNE II.

La salle du conseil.

LE DUC.

Il est bien extraordinaire qu'un homme dont les habitudes étaient si parcimonieuses, vers qui la richesse affluait si rapidement, qu'un homme caressé par tous les souffles de la fortune, n'ait amassé, durant une vie de soixante-dix années laborieuses, qu'un trésor aussi minime. Seigneur Gonsalvo, si une personne moins éprouvée que toi nous l'avait dit, nous n'aurions pu ajouter foi à un fait si merveilleux.

GONSALVO.

Je suis près de douter moi-même du témoignage de mes sens; il n'est donc pas étonnant que Votre Altesse doute de ma véracité. Il n'y avait chez Bartolo aucun signe de violence extérieure; tout était en ordre, et l'on n'y voyait aucune trace d'entrée secrète. Cependant, duc, ses monceaux d'or s'étaient en quelque sorte affaissés et réduits à quelques ducats épars; nous y avons trouvé encore, il est vrai, des piles de parchemins, — hypothèques, actes, procès, etc., — élevées jusqu'au plancher, en quantité suffisante pour entretenir de tambours les armées de la Toscane entière pendant au moins un demi-siècle.

AURIO.

Peut-être, Mon Souverain, a-t-il quitté Florence et emporté ses richesses avec lui?

LE DUC.

Seigneur Aurio, cette supposition répond mal à votre sagesse et à votre expérience. Ses galions encombrent nos ports, ses cargaisons non vendues pourrissent dans des magasins qui en sont remplis, et l'intérêt d'une multitude de prêts n'est pas réclamé. En outre, il n'était pas sorti de Florence depuis vingt années; une fuite si précipitée ne s'accorde pas bien avec le caractère lent et régulier d'un usurier.

Entre Antonio.

ANTONIO.

Mon Souverain, une dame dit avoir des renseignements à donner sur l'objet dont s'occupe aujourd'hui le conseil.

LE DUC.

Fais-la entrer. (*Entre Bianca.*) Que sais-tu de la mort du vieux Bartolo? Est-il réellement mort? Que sont devenues ses richesses?

BIANCA.

A l'est de la fontaine du petit jardin d'une humble maison, auprès du couvent des franciscains, l'herbe pousse épaisse, l'engrais est bon autour des racines; creusez là et vous en saurez davantage.

LE DUC.

Qui occupait cette maison?

BIANCA.

Giraldi Fazio.

LE DUC.

Et que sont devenues les richesses de Bartolo?

BIANCA.

Il y a quelqu'un à Florence qui en sait là-dessus plus qu'il n'appartient à un honnête homme de savoir.

LE DUC.

Et qui est-ce?

BIANCA.

Giraldi Fazio.

GONSALVO.

Mon Souverain, je le connais: c'est le seigneur parvenu, ce grand alchimiste. Je me suis toujours défié de sa manufacture d'or tant vantée.

LE DUC.

Théodore, va fouiller le jardin dont parle cette femme. Capitaine Antonio, charge-toi de t'assurer de ce Fazio.

BIANCA, *s'élançant vers Antonio.*

Vous le trouverez chez la marchesa Aldabella. Amenez-le sans merci, — sans délai, — sans lui laisser le temps de donner un baiser, un baiser d'adieu. (*a part.*) Et maintenant je l'ai faite veuve comme elle m'a faite veuve! Vienne ce qui voudra maintenant; leurs bras maudits sont séparés à jamais.

LE DUC.

Et toi qui assignes si péremptoirement, qui as une telle soif de justice, parle; quel est ton nom?

BIANCA.

Bianca.

LE DUC.

Es-tu mariée ou seule?

BIANCA.

Monseigneur...

LE DUC.

La cour attend ta réponse.

BIANCA.

Oh! je suis mariée, mais bien déplorablement seule.

LE DUC.

Femme, tu te joues de notre dignité. Le nom et l'état de ton mari? — Pourquoi trembler et ramener ton voile sur ton front comme si tu étais aussi un assassin? — Parle.

BIANCA, *d'une voix faible.*

Giraldi Fazio.

LE DUC.

C'est donc ton mari? — Femme, prends garde! Si, par colère, par emportement, tu voulais faire, de l'épée équitable de la loi, de cette arme la plus brillante de toutes les armes de l'homme, l'instrument de tes caprices de femme ou de quelque crime secret et caché, prends garde! il y a une justice au ciel pour punir les faux témoins! — Oh! mais contre ton mari, le seigneur de ton sein, la chair de ta chair! — Mettre les limiers de la loi sur ses traces! — Si tu as dit la vérité, l'impartiale justice rougira encore de devoir à toi sa proie sanglante. Si tes paroles sont fausses, tu donnes au crime une odieuse immortalité. Cette action, femme, te fera passer dans tous les siècles pour une héroïne du mal: et c'est un de ces crimes qui font rougir de joie l'enfer, qui font désirer aux anges qui les regardent une vue moins perçante.

(*Entre Théodore.*)

THÉODORE.

Mon Souverain, à l'endroit désigné gît un corps enterré négligemment et sans linceul, et les vêtements qui le couvrent ressemblent à ceux que portaient habituellement le vieux Bartolo: sous une côte gauche est enfoncé un stylet rouillé et entouré de lambeaux de chair.

(*Entre Antonio avec Fazio.*)

ANTONIO.

Mon Souverain, voici le prisonnier.

LE DUC.

Tu es Giraldi Fazio? — Giraldi Fazio, tu es ici accusé d'avoir, avec une présomption impie et maudite, usurpé la haute prérogative de Dieu, en faisant dépendre de tes passions désordonnées la vie et la mort d'un de tes semblables; d'avoir, au moyen d'un fer violent, répandu un sang qui ne voulait que suivre un cours calme et naturel; et, pour dire tout en un seul mot terrible, — un mot qui fait frissonner l'air et trembler tout homme d'horreur. — Fazio, tu t'es rendu froidement coupable d'un assassinat nocturne.

FAZIO.

Mon Souverain, je t'en supplie, n'argüe pas contre moi de l'embarras que me cause une frayeur instinctive et naturelle quand on reçoit un titre aussi ignoble et aussi sanglant. Mon Souverain, je t'en supplie, que le reptile qui a lancé sur moi cette imposture, quel qu'il puisse être, me soit confronté ; le feu de mon juste courroux consumera son cœur, séchera ses lèvres, et tu le verras, tremblant d'impuissance, traîner à terre ses membres corrompus et nuisibles jusqu'à ce que son honteux mensonge le prenne à la gorge.

LE DUC.

Tu as de l'audace. — Mais ne sais-tu rien de ce qu'est devenu le vieux Bartolo? M'est avis que, pour être innocent, tu pâlis et tu trembles beaucoup. — Ce nom semble être pour toi un coup de tonnerre ; pourtant tu auras ce que tu désires. — Femme, lève-toi ; rejette ton voile. — Regarde-la, Fazio.

FAZIO.

Bianca ! — Oh ! c'est une vision horrible, c'est un rêve ! Et, si je lutte, je vais me réveiller et voir que ce n'est qu'une amère raillerie de mon imagination. Si tu es un démon, de quel droit infernal couvres-tu ta face lépreuse et enflammée de ces traits chéris, semblables à ceux de ma Bianca? Si tu es en effet Bianca, tu dois porter l'anneau que je te donnai en t'épousant. Au nom du Dieu qui nous voit tous, je t'ordonne de me le montrer, et, si tu le fais, eh bien ! je serai un assassin, j'aurai tué un millier d'hommes et l'on se débarrassera de ma hideuse présence.

LE DUC.

Fazio, entends l'arrêt de la cour : D'abord l'état confisque solennellement ta richesse mal acquise ; et, quant à toi...

BIANCA, s'élançant vers Fazio.

Oh ! nous allons donc redevenir pauvres ! Je te pardonne, va ! — Nous serons encore pauvres et heureux ! si heureux que le jour s'écoulera trop vite pour nous ! Cette femme orgueilleuse ne t'aimait que pour tes richesses ; mais tu peux dire, toi-même, pourquoi j'aime Fazio.

LE DUC.

Et, quant à ta personne... — il est écrit dans les lois de Dieu que le sang paie le sang ; que le meurtrier périra par le fer. La mort sera donc ton partage, — une mort publique, au grand jour. Tu seras roué ; et que le Seigneur ait pitié de ton ame pécheresse !

BIANCA.

La mort ! — la mort ! — Ce n'est pas ce que je voulais ! — Ce n'est pas ce que vous voulez? Qui parle ici de meurtre? Vaines et ridicules suppositions ; lui tuer un homme !

— des mains douces comme les siennes, une ame tendre comme la sienne ! — Il serait mort avant de tuer quelqu'un ! Je l'ai vu pâlir et trembler, ému de pitié, pour un ver qu'il avait écrasé ; je l'ai vu délivrer d'une main indulgente une abeille qui l'avait piqué. Oh ! pourquoi portez-vous donc les insignes et les saints dehors de la loi? Que signifient vos cheveux blancs si vous ne savez pas mieux distinguer les liens secrets du criminel avec le crime? Il serait sage aussi d'accuser l'agneau doux et timide du meurtre de son boucher ; vous réussiriez à en faire un assassin aussi bien que de mon Fazio.

LE DUC.

Femme, le souffle irrévocable de la justice ne se détourne pas ; il mourra.

BIANCA,

Mourir ! Mon Fazio, mourir ! — Meurtriers à cheveux blancs, homicides revêtus d'hermine ! quand une accusation vous présente le sang et le crime, vous vous y plongez avec une insatiable fureur ; mais, aux cris de la pitié, vous êtes aussi sourds que les rochers, que les vents sans entrailles ! Vous semblez, par vos traits et votre langage, de bons chrétiens ; mais, au fond, vous avez des cœurs plus barbares que l'Africain mécréant au teint basané ! Vous êtes des profanes qui dites : *Dieu le bénisse! Dieu le délivre!* tout en faisant préparer la hache du bourreau pour couper la tête de l'innocent ! — Sa tête ! — la tête de mon Fazio ! — cette tête que mes bras ont pressée sur mon sein avec une chaste tendresse.

LE DUC.

Écoute, Fazio. Demain encore le soleil se lèvera pour toi ; mais quand il entrera dans sa couche occidentale, il trouvera vide ta place en ce bas monde.

BIANCA.

Demain matin ! — Non, pas demain matin. Les démons eux-mêmes accordent un répit à la mauvaise ame qui essaie de monter au ciel ; mais vous, vous précipitez les ames dans l'autre vie sans confession, sans absolution, sous le poids de toutes ses fautes. — Oh ! pas demain matin.

LE DUC.

Femme, tu perds toute modération. Si ce n'était la terrible circonstance où tu te trouves, nous te mépriserions comme une folle furieuse.

BIANCA.

Folle ! folle ! — Oui, c'est cela ! — c'est cela ! Est-ce folie que de parler, se mouvoir, regarder, sans savoir ni comment, ni pourquoi, ni d'où, ni où? Est-ce folie que de voir tout autour de soi des visages voilés d'une vapeur obscure, qui écoutent et voient, pourtant à l'exception d'un seul? Est-ce folie que de parler continuellement et rapidement sans savoir d'où vous viennent des mots qu'on n'a pas pensés? — Oh! je suis folle, grandement folle alors! Hier même la lune était dans son plein, et vous, vous le souverain et vous sages, vous que Florence respecte et honore, vous ne reculez pas, même d'après le témoignage d'une folle, à ravir de sang-froid la vie de l'innocent, la sainte vie de l'homme, la vie que Dieu lui a donnée?

LE DUC.

Giraldi Fazio, n'as-tu rien à dire contre le jugement qui réclame ta vie?

FAZIO.

Mon Souverain, le jugement que tu as porté, mon ame ne s'en révolte pas; elle n'en murmure même point. Pourtant, par tout ce qui, sur la terre et dans le ciel, connaît les choses cachées, je jure que jamais le sang ne teignit mes mains. Mais il y a en moi des crimes dont les voix tumultueuses s'élèvent contre moi, disant : Tu dois mourir, car tes fautes sont mortelles. Et mon cœur oppressé n'ose pas leur répondre: C'est faux.

BIANCA.

Mais moi, moi, je dis : C'est faux ! Il n'est point coupable ; il ne mérite pas la mort; j'affirme qu'il ne la mérite point. Dieu vous donna l'ouïe, mais vous ne voulez pas entendre ; Dieu vous donna le sentiment, mais vous ne voulez pas sentir; Dieu vous donna le jugement, mais vous jugez contre la justice.

LE DUC.

Capitaine Antonio, garde ton prisonnier. — Si tes paroles sont vraies, Fazio, le sang n'est pas sur ta conscience. Repousses-tu aussi l'accusation de vol? (*Fazio fait un signe négatif.*) Tu ne la repousses point. — Les lois de Florence sont sévères; elles déclarent le vol un crime capital. Ainsi, je le répète: Giraldi Fazio, que le Seigneur ait pitié de ton ame!

(*Le duc sort ; tous le suivent.*)

BIANCA, *saisissant Aurio par le bras.*

Monseigneur! monseigneur! nous avons à la maison deux enfants au berceau; — ils ne parlent point encore. Mais dites-moi votre nom, monseigneur, et ils le prononceront avant le mien, — avant celui de ce pauvre condamné, de leur propre père. Ayez pitié de nous! oh! montrez-vous notre ami! Être l'ami d'un délaissé, — c'est un titre qui réjouit le ciel et qui charme la terre ! — Et tu passes aussi, toi, sans me répondre! Il ne faut donc jamais se fier à la figure, car

la tienne annonçait la pitié! — Vous vous ressemblez tous ! — Allez! allez! — Vous vous valez tous! — (*Ils sortent tous, excepté Fazio, Antonio et Bianca. Bianca s'attachant à Fazio.*) Tu ne me mépriseras pas; tu ne me fouleras pas aux pieds; tu me laisseras te toucher, — moi dont les lèvres l'ont tué. — Ne me jette donc pas ces regards passionnés ; — ne me traite donc pas bien, pour que je reste en proie à de longues douleurs. — Oh! maudis-moi, Fazio! — Tue-moi avec ta malédiction! Je suis faible et chétive : — un mot me brisera. — Tout, hormis ta bonté!

FAZIO.

Ma pauvre Bianca! avant demain j'aurai trop grand besoin de pitié pour être sans pitié aujourd'hui. Ce n'était pas bien, Bianca, de me surprendre ainsi prématurément, sans laisser le temps au remords de venir ; et ce sera aimer pour moi, quand je sentirai le froid de la hache, de penser quelle voix lui a dit de me frapper. — Oublions cela; nous devons tous mourir. Bianca, tu m'aimeras quand je serai mort; j'ai eu bien des torts envers toi, mais tu m'aimeras quand je serai mort.

BIANCA.

Quoi! des baisers! des baisers! à moi, Fazio! Ah! c'est trop! — Et ces lèvres brûlantes seront demain de la froide poussière!

ANTONIO.

Signor, il faut quitter ces lieux.

BIANCA.

Quoi! nous séparer quand il n'a plus que quelques heures à me donner! me les dérober, ces heures fugitives! — Il n'a jamais couché sur la dure; tu ne m'envieras pas le misérable devoir de lui préparer le dernier oreiller sur lequel il reposera. — Tu ne me refuseras pas! — ton œil est humide : — non, tu ne me refuseras pas!

ANTONIO.

Madame, autant que le permettent mes ordres inflexibles...

BIANCA.

Excellent jeune homme! le ciel te remercie! Il n'y a pas un autre cœur comme le tien dans Florence. Nous ne nous quitterons pas, nous ne nous quitterons pas, mon Fazio! Oh! jamais! jamais! jamais! — jusqu'à demain !

FAZIO, *en la conduisant dehors.*

Ce n'était pas avec cette main froide et tremblante que je te conduisis, jeune vierge, à l'autel.

(*Ils sortent.*)

ACTE QUATRIÈME.

SCÈNE I.

Une prison.

FAZIO et BIANCA.

FAZIO.

Parlons de choses gaies, Bianca : nous oublierons ce présent et cet avenir qui nous apparaissent si tristes, si noirs et si hideux. Réfugions-nous dans le passé. Te rappelles-tu mon amour, ces doux clairs de lune, quand ma guitare amoureuse, et régulière comme l'hymne du soir au couvent, chantait sous ton balcon? Quelquefois notre entretien sans paroles était surpris par l'aube légère et les douces vapeurs qui la précèdent.

BIANCA.

Oh! oui, oui, — Demain aussi l'aube nous surprendra, et alors... — oh! alors!...

FAZIO.

N'y pensons pas! — Ne te souvient-il plus d'un beau soir où nous voguions lentement sur l'Arno, souriant de voir les hautes tours de Florence se dessiner dans l'horizon bleu, derrière nous? Comme ta main posée nonchalamment dans les miennes s'abandonnait doucement à leur molle étreinte!

BIANCA.

Oh! oui! — Et demain soir, si tu fermes la main, elle ne rencontrera pas la mienne, et tu ne presseras que la terre insensible!

FAZIO.

Quelle fâcheuse mémoire tu as pour les souvenirs de tristesse! — Nous étions heureux tous deux, assis dans le jour douteux et décoloré qui nous parvenait au travers de notre jalousie baissée! Nos enfants, à nos pieds ou sur nos genoux, reposaient tranquillement ou jouaient, avec le sourire sur leurs joues de rose. — Oh! mon Dieu! — il m'est venu une pensée telle que je n'ose la dire.

BIANCA.

Vite, mon Fazio! vite, dis-la-moi! — Demain tu ne me la dirais plus.

FAZIO.

Eh! quel sera leur sort à ces pauvres innocents? — Quand ils en seront arrivés à comprendre le chagrin, oh! quelle proie facile pour la misère! Les autres enfants, toutes les fois qu'ils voudront se mêler à eux, les mépriseront et leur jetteront cette épithète odieuse : Enfants de l'assassin! L'infamie attachera sur leur dos cet écriteau hideux; la flétrissure croîtra avec eux et les conduira jusqu'au tombeau ; et quand ils mendieront, — car ils seront mendiants, — on leur fermera la porte avec de cruelles plaisanteries sur mes richesses, et on les nommera ironiquement : Les enfants du seigneur Fazio, l'alchimiste.

BIANCA.

Demain, demain cet opprobre commencera! — Cela ne doit pas être, et je te quitte pour agir. Fazio, il doit y avoir dans cette grande cité des yeux pénétrants qui voient la vérité, des âmes qui ne sont ni trop superbes, ni trop froides, ni trop sévères pour nourrir la pitié. Je les découvrirai. Je trouverai un secours. Lequel? Je l'ignore ; — mais je ferai retentir les airs, dans tout Florence, de la proclamation de ton innocence. Je réveillerai les morts et conjurerai l'âme de Bartolo; elle viendra crier, au milieu du marché : Fazio ne m'a pas tué! Adieu! adieu! Si, dans les murs de Florence, il y a quelque chose comme l'espoir et la consolation, je m'en emparerai, Fazio, et l'attirerai dans ton donjon, pour faire retentir ce silence, d'accents de joie étranges et ineffables !

SCÈNE II.

Une rue.

FALSETTO, DANDOLO, PHILARIO.

FALSETTO.

Eh bien! mon bon signor Dandolo, j'en suis pour mes discours au sage alchimiste. Je comptais au moins sur deux mois de nourriture, outre quelques dons de chevaux, de bagues et pierres précieuses....

DANDOLO.

Ah! mon Falsetto, un habit de ma façon arriver à la roue! — J'ai le cœur gonflé quand je pense comme toutes ces coutures vont craquer! Peut-être bien aussi le bourreau s'en vêtira-t-il! — Hélas! faut-il que j'aie vécu pour procurer un habit à la mode au bourreau !

(Entre Bianca.)

BIANCA.

Tout le monde me fuit de l'autre côté de la rue : quand je passe on me montre au doigt; on fatigue l'air des malédictions qui me sont adressées. Le palais ducal, qui devrait s'ouvrir à la voix du malheur comme le ciel de Dieu, est environné de barbares farouches et armés qui me repoussent avec leurs piques, comme si je venais, la torche en main, incendier les demeures royales! Les enfants dans les rues interrompent leurs jeux bruyants pour me huer, et les chiens, sous les porches, aboient après moi. Mais voici un soutien. (*à Falsetto.*) Oh! bon signor, ton ami, cet homme qui te traitait hier encore, que tu suivais partout comme son ombre, dont la main laissait pleuvoir des libéralités sur toi, — Fazio, le bon, l'aimable, le libéral Fazio est injustement accusé, est injustement condamné; je te jure qu'il l'est injustement. Signor, une langue éloquente et mielleuse comme la tienne défendrait avec succès son innocence, et la justice finirait par l'absoudre.

FALSETTO.

Bonne dame, tu exagères; je n'ai point le pouvoir que tu dis; — je ferais tout raisonnablement pour mériter le sourire d'une personne aussi aimable; — mais ce serait en vain.

BIANCA.

Raisonnablement! — Sauver la vie d'un homme, — n'est-ce pas là une chose assez raisonnable? — Bon signor, dorénavant il ne montera vers le ciel aucune prière de nous ou de nos enfants qui n'y porte ton nom chéri; les prières ont pouvoir de racheter bien des péchés, et notre nature grossière et corrompue en commet tant!

FALSETTO.

Il me semble, bon Dandolo, que voici l'heure d'aller assister à la toilette de la princesse Portia. — Vous n'avez aucune commission de ce côté, belle dame?

DANDOLO.

Oh! oui! j'y suis aussi indispensable que son miroir.

BIANCA.

Quelle folie de s'occuper un instant de choses aussi futiles! (*Elle les retient.*) Pourquoi t'attachais tu à ses pas hier encore, comme si tu eusses couru danger de perdre ta vie en te séparant de lui? Pourquoi lui jurais-tu qu'il y avait crime de la part de la Providence à ne l'avoir pas fait naître prince? (*à Dandolo.*) Et toi, signor, et toi... Des chaînes au mois de mai, c'est bien lourd à porter!— Allez! dépouillez donc cette figure d'homme: vous la déshonorez. Soyez des reptiles puisque vous êtes des reptiles! (*à Philario.*) — Et toi, signor, — je sais chez qui il te menait pour colporter tes chansons fastidieuses;

je sais quelles sont les délicates oreilles que tu as dû, cette nuit, enchanter de tes chants mélodieux.

PHILARIO.

Madame, je vous en prie; ne me jugez pas si sévèrement. Dans l'état, Dieu le sait, je suis sans puissance: je pourrais transporter ailleurs ce palais avant de faire changer le sort de Fazio. Mais si le visiter, si l'entourer de soins tendres et officieux, si employer pour lui la douce magie de mon art peut rendre moins pénible la position où il se trouve, peut adoucir ses angoisses, tout cela je le ferai pour que son malheur lui semble plus doux et plus léger.

BIANCA.

Tu le feras? En ce cas, on peut espérer que le démon ne s'est pas entièrement emparé de Florence. Va! — va! — Je ne puis te montrer le chemin; mes yeux sont obscurcis; ce sont les premières larmes qu'ils ont versées depuis.... Je ne puis te dire depuis quand. — Va! — va! (*Il sort.*) Un effort encore, et si je ne réussis pas.... — Mais c'est impossible; je réussirai; la tendresse innée et instinctive de la femme m'en répond! — Pourtant, si je succombais? Eh bien! alors, triste lendemain, je t'affronterai avec calme et courage.

SCÈNE III.

Palais d'Aldabella.

ALDABELLA.

Fazio en prison! Fazio condamné à mort! Je me suis trop hâtée. J'aurais dû le fuir et lui faire modestement signe de la main, l'allécher, mais non me jeter à sa tête. La superbe Aldabella devenue la favorite d'un pauvre voleur! Cela fait mauvais effet; Florence ne doit pas le savoir. — Heureusement qu'il a peu de temps pour s'en vanter. (*à Bianca, qui entre.*) Et qui es-tu, toi qui pénètres ainsi chez moi, sans être ni annoncée ni demandée?

BIANCA, *à part.*

Je ne dois pas parler encore, car je crains de proférer une malédiction.

ALDABELLA.

Voyons! ne reste pas ainsi avec tes lèvres pâles qui remuent sans parler; — dis ce que tu as à dire.

BIANCA.

Marquise, il y a quelqu'un... — Oh! j'étouffe! — quelqu'un que tu aimais, Giraldi Fazio; quelqu'un qui t'aimait, Giraldi Fazio. — Il est condamné à mourir, à mourir demain matin, et nous voici au soir déjà!

ALDABELLA.

Il est condamné? — Eh bien! qu'il meure.

BIANCA.

Non, noble et belle dame. Tu es belle, riche et de haute naissance: les princes, le souverain de Florence épient tes sourires comme l'héliotrope les rayons dorés du soleil. Tes lèvres ont une mélodie si douce que ton silence cause une attente qui va jusqu'à la douleur. Si tu plaidais la cause d'un condamné, d'un innocent, ta voix, qui remplit l'air lui-même d'amour, lui sauverait la vie.

ALDABELLA.

Que signifient toutes ces vaines louanges?

BIANCA.

Oh! pense, pense ce que c'est que de racheter une vie perdue déjà, et une vie comme celle de Fazio! — Ne fronce pas les sourcils. Tu crois qu'il est assassin; — il n'en est rien; ce n'est qu'un jeu du sort qui, par un cruel caprice, a voulu priver le monde d'une vie comme celle de Fazio.

ALDABELLA.

Quand je le voudrais, je ne le pourrais pas.

BIANCA.

Je vais te proposer une si grande récompense... Ecoute, écoute, et te voici gagnée. Si tu le sauves, il est tout simple que tu le sauves pour toi. Je te le donne,—moi, Bianca, — moi, son épouse; — je pardonne tout ce qui a été, tout ce qui sera. — Je serai ta servante, et je serai si patiente, — si tranquillement, si tristement patiente, — que, si tu vois quelque mouvement d'envie dans mes yeux, quelque tremblement dans mes lèvres comme d'une plainte qui s'échappe, tu le tueras, moi présente. — Tu auras tous les droits, tous les droits que j'avais. — Son amour, sa vie, son ame seront à toi; et je te bénirai — dans mon malheur, oui, je te bénirai!

ALDABELLA.

Quel nuage couvre tes yeux égarés? Ne sais-tu pas devant qui et chez qui tu fais la folle? Moi, Aldabella, qui n'ajoute pas plus de prix à l'amoureux hommage des princes et des seigneurs rivaux qu'à l'air que tous respirent: — moi, Aldabella, dont la voix pourrait ranger à mes pieds les rois les plus élevés, — m'intéresser au relent sordide d'une prison? Moi!

BIANCA.

Femme orgueilleuse, les plus grands rois de la terre ne valent pas mon Fazio! Tu rejettes un diamant! Le plus noble des seigneurs que tu as serré dans tes bras impurs

n'était qu'un échappé des bagnes auprès de mon Fazio! — Hélas! hélas! et moi... moi... sa femme légitime, en ai-je fait réellement plus de cas que toi? — Oh!... oh! si tu l'avais aimé, je t'aurais pardonné, j'aurais pris pitié de toi; nous nous serions assises toutes deux froidement, gravement tristes, laissant tomber, comme deux statues autour du bassin d'une fontaine, une rosée pure, éternelle, silencieuse. Si tu avais pleuré plus que moi, je t'aurais aimée pour cela, — et ce que je dis m'aurait été facile, car je suis de pierre actuellement.

(*Elle porte la main à ses yeux.*)

ALDABELLA.

Holà! quelqu'un! Qu'on aille à l'hôpital des fous chercher du secours pour cette pauvre lunatique!

BIANCA.

Qu'ai-je dit? Oh! pardonne-moi; je ne venais pas pour t'irriter. — Pense, pense, — je vais te parler tout bas pour ne pas te trahir; car l'air a des yeux et les murs ont des oreilles. — Pense quel rapide changement! Cette nuit, il était dans ta chambre (je ne veux pas dire dans tes bras, — cette expression te déplaît et elle brûle mon cœur); aujourd'hui il est sur un grabat de prison, sur de la paille, de la paille dure. Pour parfums de l'Orient, il a un air chargé d'infectes vapeurs; pour musique, le bruissement des chaînes. — Non, ne te détourne pas, ce n'est pas encore là le pire. Demain à son réveil, au lieu de ta tête pour se pencher avec une tendre langueur sur lui, le farouche bourreau!...

ALDABELLA, *se détournant.*

Je sens un nuage dans mes yeux; mais j'aurais honte si je ne séchais ces larmes insensées. — Eh bien! qu'est-ce que tout cela me fait? Je ne l'ai pas tué, moi; je ne l'ai pas dénoncé à la justice. Je m'abaisse vraiment à entendre des extravagances. — Je me retire; je reçois ce soir les seigneurs de Florence.

(*Elle sort.*)

BIANCA.

Tout ce que l'on raconte de traits d'humanité, ce ne sont que des mensonges! Cela s'est donc passé dans quelque planète éloignée, ou dans le cerveau de quelque poète rêveur? Ou peut-être sont-ce des légendes de quelque bon vieux temps oublié du nôtre, d'une époque où la débauche n'était pas encore montée sur le trône, n'habitait pas encore les palais? La terre est tellement remplie de vices que, si quelque vertu se trouve vivre parmi eux, ils la chassent comme chose maudite. Fazio, mon Fazio!—mais nous les tromperons bien! nous quitterons cette terre odieuse : ce serait en vain qu'ils nous supplieraient de ne pas mourir et de vivre avec eux.

SCÈNE IV.

Maison de Fazio.

BIANCA *seule.*

Quel étrange fracas il y a dans ces lieux, parce que le soleil va éclairer un homme de moins ! Je suis fatiguée, je suis malade; — mes pieds se traînent péniblement. Pourquoi me glisser ici comme un serpent blessé? ici, dans cette maison, où tout respire Fazio! L'air, — les murs, tout ici parle de lui. — Oh! je vais me mettre au lit. — Au lit! qu'y trouverai-je? Fazio! mon bien-aimé, mon aimable, mon tendre Fazio!—Non!—Des pierres froides forment sa couche, de lourdes barres de fer recouvrent ses membres.—Oh! non, non. — m'y voici, — il est dans les bras d'Aldabella. — Ah! quelle affreuse idée ! — mais, je me rappelle — nos enfants, — oui, mes enfants, — les enfants de Fazio. C'était ce qui m'occupait la pensée quand je vins ici. Ne vaudrait-il pas mieux les emmener avec nous hors de ce monde?—Pourquoi élever quelques pêcheurs de plus pour Satan. L'un d'eux est un garçon ; — quelque débauchée s'en emparera pour lui faire porter son odieuse livrée. L'autre est une fille ; si elle est faible, elle se souillera, — elle deviendra une Aldabella; si elle est chaste, elle sera misérable comme moi, dévorée de jalousie, et dénonçant... — Non, non; il ne faut pas qu'ils vivent, il ne faut pas qu'ils vivent! (*Elle entre dans une chambre, et après quelques instants, revient.*) Cela ne sera pas! cela ne sera pas! — Ils se sont réveillés comme si, jusque dans leur sommeil, ils sentaient ma présence; et puis, me souriant avec tendresse, ils m'ont tendu leurs doigts de rose pour jouer avec moi. Mon fils... ah! il m'a regardé avec des yeux si semblables à ceux de Fazio que, bien que je souhaitasse que Dieu les appelât à lui pour les sauver des misères de ce monde, je n'ai pu que leur donner un baiser ; et ce baiser a désarmé mon bras. — Furieuse que je suis! — Les emmener dans un autre monde ! — Comme si ce n'était pas assez du meurtre de mon mari; comme s'il fallait encore avoir à rencontrer là-bas ces deux pauvres innocents ! — Qu'ils sont heureux ! — ils ne connaîtront le jour de demain que par le retour de la douce chaleur du soleil.

(*Elle sort.*)

ACTE CINQUIÈME.

SCÈNE I.

Une rue. — L'aube blanchit les cieux.

BIANCA.

Où suis-je allée? — Je n'ai pas goûté le sommeil: — il y a encore dans mes membres l'agitation du mouvement. Ah! je me rappelle; — il y avait une lutte affreuse dans ma volonté. Je sentais que tout était sans espoir, et pourtant je refusais de le croire : je me suis mise en chemin pour le dire à mon Fazio, puis je n'ai pas voulu me présenter à ses yeux avec de si tristes paroles. Alors je me suis trouvée dans l'obscurité et quelque chose me poussait de rue en rue, toutes plus noires les unes que les autres. et une hache se faisait voir dans ces ténèbres.—Elle promenait çà et là son tranchant de feu : — et il y avait des voix d'enfants, faibles et gémissantes. qui m'appelaient. Je savais que je les fuyais. et pourtant je ne pouvais faire autrement. Et alors, oh! alors, je regardais et regardais en core ces ténèbres sans étoiles, et je les bénissais en moi-même, car elles étaient épaisses et d'un beau noir, — sans trace aucune de lumière. Et j'avais une espérance fantastique et fiévreuse qu'elles dureraient toujours et ne seraient jamais remplacées par l'horrible lendemain. — Ah! le voici! — C'est l'aube matinale dont la lumière me blesse les yeux.—Le voici ce lendemain. — Oh! voyez, voyez avec quelle odieuse et lente douceur il repousse de moi mes ténèbres secourables! — Folle que je suis! — J'ai perdu le peu d'heures fugitives que j'avais encore à jouir de mon Fazio! — Volons, volons vers lui! — Allons !

(*Elle sort.*)

SCÈNE II.

La prison éclairée par une lampe.

FAZIO et PHILARIO.

FAZIO.

Je te remercie: c'était un hymne mélancolique, mais doux comme la fraîche brise du soir, cette brise dont le souffle, chargé des parfums des fleurs, ne passera plus sur moi. Que la musique sert bien à la piété. — à la douce et repentante piété! Elle prête des ailes à la prière tardive qui fend péniblement le lourd atmosphère de notre terre, pour se mêler à celui du ciel. — Il est triste de mourir; mourir de la mort d'un scélérat est pire encore. Mais oublions cela : j'ai tellement trempé mon ame dans les cendres amères de la vraie pénitence qu'il lui en est resté une saveur délicieuse: tout est tranquille intérieurement. — Bianca! où est-elle? — Pourquoi ne pas venir? — Et pourtant je crains presque sa vue, car j'ai peur qu'elle ne me fasse de nouveau aimer la vie.

PHILARIO.

N'as-tu rien à lui dire, n'as-tu à me charger pour elle d'aucun doux souvenir? Si tu en as, je te promets de les lui transmettre fidèlement.

FAZIO.

Oh! si, si : — j'ai son portrait sur moi. Si je l'avais vu à une certaine heure de ma vie, s'il était tombé sous mes yeux dans les bras d'Aldabella, j'aurais eu à me repentir d'un péché de moins. Je crains qu'il ne devienne la propriété du bourreau, ou n'inspire quelques plaisanteries grossières à cet homme. — Donne-le-lui.

(Avec le portrait il tire quelques pièces d'or, sur lesquelles il fixe un regard profondément mélancolique.)

PHILARIO.

Et ceci aussi, monsieur?

FAZIO.

Non! n'y touche pas, Philario! n'y touche pas! — La morsure d'une vipère ne laisse pas un venin plus subtil. S'il y a une mer sans fond, s'il y a un puits qui pénètre par-delà les entrailles de la terre, jettes-y cet or! ou s'il y a sur la terre un démon errant, donne-le lui à reporter d'où il est venu, dans l'enfer. — Oh! non, non! — Ne le rends pas à Bianca; car elle s'en servirait pour corrompre plus d'hommes, plus de nobles esprits que Lucifer n'en détourna du ciel. C'est ce fléau qui a détruit mon Eden: c'est lui qui avait fait de moi un oiseau magnifique et propre à se prendre aux filets de soie de la tentation. Il se glissa en moi. — Le péché l'accompagna. — la misère le suivit. Philario, n'y touche pas! — *Il prend le portrait.* Voici quelque chose de plus beau à voir. Qui voudra croire que les lèvres de cette femme, au sourire si doux purent priver quelqu'un de la vie, et que ce quelqu'un fut son mari? — Mais c'est moi qui lui ouvris la voie au pé-

ché. — J'eus des torts envers elle: ah! Dieu m'est témoin que, tout en l'offensant, je l'aimais et de tout mon cœur.

(Entre Bianca.)

BIANCA.

Où est celui que Bianca aime si profondément? Fazio, Fazio, mon Fazio! — le voici ce matin!

FAZIO.

Non, souris-moi: il se peut que Dieu punisse en ce monde pour pardonner en l'autre.

BIANCA.

Fazio, laisse-moi! — Tu embrasses ton assassin.

FAZIO.

Non! j'embrasse mon amie, ma femme, la mère de mes enfants! — Pardonne-moi, Bianca: mais tes enfants, — je ne les verrai pas; car la mémoire des enfants est si tendre que les événements tristes y laissent une trace profonde et ineffaçable. Je ne voudrais pas que, par la suite, ils pussent avoir à chérir l'image de leur malheureux père dans un sombre et froid cachot. Oh! s'ils te demandent ce qu'est devenu leur père, dis-leur qu'il est mort, mais cache-leur le genre de sa mort.

BIANCA.

Non, non, — je ne leur dirai pas que leur mère l'a tué.

FAZIO.

Mais comment se portent-ils, mon amour?

BIANCA.

Eh bien! si je les avais délivrés de cette odieuse terre, si je les avais envoyés devant nous, de peur de ne plus les retrouver là-bas, et d'avoir alors à regretter ce triste monde?

FAZIO.

Oh! tu n'as pas si audacieusement transgressé la loi de Dieu! Si tu l'as fait, mes bras passionnés, qui t'embrassent si tendrement, vont te quitter comme un lierre flétri et desséché: et l'adieu que je t'adresserai en recevra un accent si étouffé, qu'il ressemblera davantage à une...

BIANCA.

Ils vivent! Dieu merci, ils vivent! Je ne devrais pas te tourmenter de pareilles idées; mais je suis environnée d'images si hideuses, les unes me parlant, les autres m'entraînant, que je n'ai pas été calme une minute depuis que nous nous sommes quittés autant que je le suis en ce moment, où j'éprouve un bien-être... Je dormirais bien dans tes bras, Fazio.

(Entre Antonio.)

ANTONIO.

Prisonnier, ton heure est venue.

BIANCA.

Le jour n'est pas venu encore. — Où est l'aube qui devrait l'annoncer? où est le soleil qui devrait venir le dorer? Il faut que tu aimes bien à mentir pour venir dire qu'il est matin avec une torche dans ta main pour dissiper les ténèbres.

ANTONIO.

Tu oublies donc que la clarté du jour ne pénètre jamais ici? le soleil a déjà enflammé l'horizon.

BIANCA.

Et je dis, moi, que le jour finissait il n'y a qu'une heure; ah! une heure bien triste, bien longue; mais enfin une seule heure.

FAZIO.

Officier, je t'obéirai! Un mot encore, — Bianca, c'est un mot étrange; — ne peux-tu l'endurer, mon amie? — Aldabella...

BIANCA.

Malédiction sur elle!

FAZIO.

Paix, paix! — C'est dangereux. Les malédictions du pécheur retombent dix fois plus accablantes des cieux en courroux sur la tête de ceux qui les ont prononcées; — je t'en supplie, tais-toi! — Pardonne-lui, — pour l'amour de ton Fazio, pardonne-lui.

BIANCA.

Tout pour n'y plus penser. — Pas encore. — Ils ne doivent pas te tuer; — je jure qu'ils ne te tueront pas! Mes bras étreindront ton cou avec tant de fermeté, que la hache devra les traverser avant de toucher un seul de tes cheveux; je me joindrai si bien à toi qu'il leur faudra frapper au hasard, et peut-être me délivrer la première...

(La cloche sonne, les bras lui tombent et elle reste saisie.)

FAZIO, l'embrassant, ce dont elle ne semble pas s'apercevoir.

Adieu, adieu, adieu! — Elle ne sent plus rien! — Dieu merci, elle ne sent pas le dernier baiser de son Fazio! Un autre encore! — Froide comme le marbre, — suave comme la rose.

(Il sort.)

BIANCA, revenant à elle peu à peu.

Parti! parti! — il n'est pas encore un souffle, un esprit! — il ne devrait pas s'évanouir ainsi. — Il est innocent! — vous assassinez, vous n'exécutez pas. — Il est innocent!

(Elle sort, suivie de Philario.)

SCÈNE III.

Un appartement magnifique dans le palais d'Aldabella. Toute apparence d'un bal prolongé jusqu'au matin.

LE DUC, LES SEIGNEURS, FALSETTO, DANDOLO et ALDABELLA.

LE DUC.

Il est tard, il est tard; l'aurore matinale pénètre ici malgré la lueur mourante des lampes. Ah! quelle agréable nuit! mais, mes amis, le soleil blâme notre débauche prolongée, et, irrité que nous méprisions son empire, il chassera, par son éclat, le sommeil de nos yeux appesantis.

GONSALVO.

Il y a, Mon Souverain, quelqu'un qui dormira plus tranquillement que nous; je viens d'entendre à l'instant la cloche dont la langue d'airain annonçait dans les airs calmes et solennels la mort du meurtrier Fazio.

LE DUC.

Marquise, nous te saluons en te remerciant de la belle fête que tu nous as donnée. — Eh! qu'est ceci?

(Entre Bianca suivie de Philario.)

BIANCA.

Ah! ah! vous avez dansé ici! — et moi aussi; mais ma musique, à moi, était lourde, lente et solennelle. — Une cloche, une cloche... mon sang épais en suivait les mouvements, et mon cœur se balançait avec elle. *(voyant Aldabella.)* C'est toi! c'est toi! — j'étais venue te parler.

ALDABELLA, alarmée et criant.

A moi! à moi!

BIANCA.

Oh! ne crie pas, — je ne veux pas te tuer; car je sais que, si je le faisais, dans l'autre monde tu te tiendrais entre moi et mon amour le plus doux. — Toi, tu resteras ici: — moi, là-bas, je l'aurai tout entier, — tout — tout entier.

LE DUC.

Que veut donc cette folle échevelée?

BIANCA, le mettant de côté.

Tout à l'heure. *(à Aldabella.)* Je suis venue te dire que la joue brûlante que baisaient tes lèvres, pas plus tard qu'hier soir, est maintenant froide et décolorée: l'haleine qui se jouait parmi les boucles de tes cheveux de jais, et que tu trouvais si parfumée, est évanouie; la voix qui l'appelait alors âme de son âme, — je le sais bien, — c'était sa phrase de prédilection quand il parlait d'amour. — je l'ai souvent entendue moi-même. — et c'

tait enivrant, — cette voix douce et sonore,
tu ne l'entendras plus. Le cou auquel tes bras
te suspendaient si tendrement, est couvert de
sang, de sang; — oui, je te l'affirme, de
sang. Entends-tu cela? Ta tête ne s'émeut-
elle pas à de telles nouvelles? — Tout cela
c'était à moi, oui, à moi.

LE DUC.

C'est la femme de Fazio.

BIANCA.

Ce n'est pas la femme de Fazio. — Est-ce
que les morts ont des femmes? — Ah! ah!
Mon Souverain, je te connais, je te connais
bien; — tu es le ministre de la justice, celui
qui s'habille si richement. Belle justice! justice rare! justice fort équitable! Celui qui
vole à son voisin de la poudre jaune ou des
pierres étincelantes, ou autres choses semblables, — celui-là il faut qu'il meure pour
le bien public; mais si l'on vole un mari à sa
femme, si l'on pénètre dans son cœur pour
lui arracher son trésor, si l'on sépare ce que
Dieu a joint, — oh! dans ce cas, on est
douce, tendre, pleine de pitié; — ce n'est
qu'une faiblesse inséparable de notre nature.
— Oh! la belle justice! justice rare! justice
bien équitable!

LE DUC.

Pauvre femme! qui t'a réduite à cet état?

BIANCA, *au duc.*

Viens ici, toi. (*Les autres se rassemblent autour d'elle.* — *Elle dit à Falsetto.*) Arrière, arrière; le dieu que tu adorais, ton dieu est
mort, pitoyable idolâtre! (*à* Dandolo, *qui
montre ses vêtements.*) Je sais qu'ils sont flétris
et déchirés; — retire-toi. (*au duc.*) Je te dis
que cette femme riche, — elle-même; — Mon
Souverain, je parlerai tout à l'heure; — mes
lèvres sont collées, — il y a de la poussière
sur ma langue; — je ne puis la remuer.

LE DUC.

Qu'on lui donne un peu de vin.

BIANCA.

Je te remercie, c'est humide, — je te remercie! (*En approchant le gobelet de ses lèvres,
elle voit* Aldabella, *et le jette à terre.*) Ses lèvres
l'ont touché; — je n'en veux plus.

ALDABELLA.

Mon Souverain, tu ne prêteras pas l'oreille
aux contes d'une folle, exhalant les produits
de son imagination malade contre une dame
de mon rang et de mon honneur!

LE DUC.

Madame, il n'y a qu'un rang qui mette
au-dessus des lois inexorables: — c'est celui
qu'on obtient par la vertu. — Pauvre délais-
sée, continue.

BIANCA.

Calomniatrice aux douces paroles, je ne
suis point folle! — J'ai été folle, et alors les
mots me venaient vagues, brisés et sans
suite: mais maintenant il y a de l'enchaîne-
ment et de la mesure dans mes paroles. Je
vais me contenir, et vous débiter mon récit
avec simplicité et avec clarté. — Fazio, mon
pauvre Fazio, — il n'avait pas tué; — il avait
trouvé Bartolo mort. La richesse brilla à ses
yeux, et il en fut ébloui. Et alors, quand il
se fut bien doré, elle, elle-même, dis-je,
(gardez-vous bien d'elle surtout, car elle
ensorcelle tout ce qui l'approche), elle l'a
emmené dans sa chambre. — Oh! Mon Souverain, qu'allait faire mon mari dans sa
chambre? — Alors, oui, alors je devins folle.
— Écoutez! écoutez! écoutez! — Ah! la cloche! — c'est moi qui l'ai mise en branle. —
Écoutez! — Ici, ici, je sens le glas pesant et
froid. — Ici, ici. (*Elle porte les mains au front.*)

GONSALVO.

Pauvre femme, n'arrache pas ainsi tes
cheveux en désordre.

BIANCA.

Je ne m'arrache pas les cheveux; il faudrait pour cela qu'ils me fissent souffrir;
mais toute ma douleur est là. (*Elle se met la
main sur la poitrine.*) Elle ne se brisera pas,
elle ne se brisera pas, elle est de fer.

LE DUC.

Si ce que nous venons d'entendre était
vrai...

PHILARIO.

Mon Souverain, Fazio m'a dit les mêmes
choses avant de mourir.

BIANCA.

Oui, duc, et les mourants ne mentent pas;
— lui, mourant, ne mentait pas, — et moi,
mourante, je ne mens pas; car il faut mourir en dépit de ma poitrine de fer.

LE DUC, *à* Aldabella.

Toi qui as avili ta haute naissance, il y a
un aveu sur tes joues coupables! Belle diffor-
mité! honneur déshonoré! — Comment as-tu
fait pour ravaler ainsi tout ce qui force les
yeux à admirer, tout ce qui nous faisait t'aimer d'amour! Je te condamne, femme, par
la puissance que me donne ma couronne du-
cale, à prononcer des vœux dans un couvent
d'une règle austère: là tu purifieras ton sein
souillé; tu tempèreras l'ardeur de ton sang,
tu couvriras de cendres ton ame, tu vêtiras
ton corps d'un cilice. Que Dieu te donne de
longs jours pour racheter par tes souffrances
sur cette terre tes péchés de ce monde.

(*Sort* Aldabella.)

BIANCA.

Duc, que Dieu te bénisse! — Et pourtant j'ai eu tort. Mon Fazio disait qu'il fallait lui pardonner; — Fazio le disait, et toutes ses paroles étaient bonnes et sages.

LE DUC.

Il lui sera fait suivant ses mérites. N'as-tu plus rien à nous demander?

BIANCA.

Mes enfants, — tu les protégeras? — Oh! Mon Souverain, ne les rends pas riches, laisse-les pauvres et honnêtes.

LE DUC.

Oui, je le promets.

BIANCA.

Eh bien! maintenant il est temps. Et tu crois qu'il n'a pas assassiné? (*Le duc fait un signe d'assentiment.*) Tu me feras placer à ses côtés, et, quant à elle, tu l'éloigneras de nous. Ma poitrine se brise, elle se brise. — Oh! elle n'est pas de fer.

(*Elle meurt.*)

FIN DE FAZIO.